U0612281

上海之泪

莫言题

东方出版中心

序

——说不尽的上海往事

莫　言

　　这本关于旧上海的书,出自韩国女作家朴圭媛之手。几年前,她那本描写自己的三外公、上个世纪三十年代上海滩电影皇帝金焰的传记文学《寻找我的外公——中国电影皇帝金焰》由上海文艺出版社出版,引起了很好的反响。因被书中人物的命运和作者的执著精神所感动,我曾经为那本书写过一篇序。现在,为这本书写序,则是因为,这是一本博雅生动的书,在诸多以上世纪三十年代的旧上海为背景的书中,这本书具有自己独特的韵味,我认为值得向读者推荐。

　　严格地说,这书中的大部分篇章,并不符合大家常见的小说文体特征,它们既像史料钩沉,又像老叟讲古;既有真实的历史事件和历史人物,又有精心的虚构。但只要文章有趣,何必拘泥文体?而小说文体,又何曾有铁定之规?如果非要给小说定一条铁规的话,那大概就是:只要刻画、塑造了栩栩如生、让人难以忘却的人物形象的作品,就可以小说名之。

　　朴女士这本书中的大多数篇章是可以小说名之的,因为她在这些篇章里写出了人,写出了人的性格和命运。如《厨师的初恋》中的那位痴情的厨师,把手中制作着的每一道食物,都当做奉献给暗恋情人的礼物,正所谓带着感情烹饪,那滋味自然微妙。而那冷傲姑娘最后之决绝弃世,亦是令人惋叹不止且又悬想无穷。《小飞虎》中那个孤独的猎人后代,在杜公馆中的传奇经历以及他的超常感悟,都是奇幻之笔,结局也是险峰突起但又在情理之中。《再见,我的爱!》中,摩雷小姐对谭伟立的痴心之爱,描写得细致入微,那个为谭伟立量衣的细节,十分的感人,分别数年后的重逢,写得也令人心神荡漾。另如《骆驼之爱》中之车夫,《花园里的绅士》中之侍女,《没有归来的人》中韩国志士,亦都写得跌宕起伏、错落有致,令人回味不尽。

我知道朴女士是一个极为认真的人,她为了替自己的外公金焰立传,跑了中国许多地方,写这本关于上海的书,据说也跑了几十次上海,她的这本书,建立在她在上海所做的大量调查研究的基础之上。她熟谙史料但又不被史料所拘禁,因为她始终没忘自己是在写小说。读她这本书,我想到了高尔基的《俄罗斯浪游散记》、巴别尔的《骑兵军》、奈保尔的《米格尔大街》,上列三书俱成经典,朴书与它们相比,自然显得稚嫩,但在书写男女恋情之微妙感受方面,却有独到之处。另有一点不得不提的是,一个韩国女性,对上海竟有如此深厚之感情,为了写一本书,奔波数十次,也是可圈可点之壮举。

朴女士不是那种文学圈里的女作家,她还保留着许多家庭妇女的质朴和率真,这也是这本书表现出的品质。

2008 年 3 月

目 录

橡 胶 树 股 票

　　为什么？为什么会这样？老天爷为什么这么不公？我们做错了什么啊？

　　我本能地逃出了朋友的房间，一口气跑到瓢泼大雨中。好一会，我才回过神来。直泻而下的雨柱挡住了我的视线，分不清哪边是楼，哪里是路。我像迷路的疯子一样，不知道要去哪里。

　　为什么？我对天放声呐喊，无情的雨声轻而易举地吞噬了我无奈的愤怒，雨水灌进我张开的嘴里，我喊不出来，连呼吸都变得困难。

　　打开朋友的房门时，她已经变成一具尸体倒在血泊里。她用割腕的方式永远地告别了所有的不公。床上散落着吃剩的烟土块，地上已经流出一大摊鲜血。我像一只受惊的鸟，慌不择路，扑棱着四肢夺门而出。

马路中央,巨大的声音包围着我,像是我和朋友的悲鸣和诅咒,狂暴的雨点更加肆无忌惮地击打我的头顶。茫茫大雨,我的朋友走了,我的一席之地又在哪里?我本能地朝着江边走。

咣——!骇人的雷鸣闪电划破夜空的刹那,男人对女人的拳打脚踢声和妈妈的哭号像电影一样涌上我的视线,我不知道世界上有没有第二个人像爸爸那样毒打自己的老婆!

我跟着两只脚往前走,朝着水势迅速涨高的江中走去。望着嚣张跋扈的江水,我从头到脚的每一个细胞都绝望了,我想我也该走了。

上了瘾的爸爸为了得到一块鸦片,把妈妈卖进了青楼。那天,我放学回家后发现妈妈不见了,灶台上还放着妈妈没有切完的菜。在日以继夜的折磨中,我反而羡慕起没有爸爸的孩子。我真希望有人来救我,明知道那是不切实际的梦想。两年后,爸爸把我也卖进了青楼。

每天在姆妈的安排下接客,忍受着屈辱满足每个顾客的兽欲。在那里,还有一个像我一样被卖来的朋友,我们两个人一直寻找着逃跑的机会,在屈辱与期盼中度过了五个春秋。挨到第六年的时候,我们几乎自暴自弃了。突然有一天,我们发现顾客们都在议论一个只涨不跌的股票。

"这东西神了,一买就涨,现在已经涨到上个月的两倍了。"

"会一直涨吗?"

"说什么呢,这个股票可是轰动了全上海。我铺里的伙计老王也吵着要我帮他买呢。"

"饭都吃不饱,还买什么股票啊?"

"人人买,才能涨啊。不过咱的动作比人家快,你就等着瞧好吧。"

听说,那是澳大利亚一个橡胶树农场的股票,一买就涨。在广袤的澳大利亚大陆上,有个无垠的橡胶树农场。橡胶是个好东西,将来一定比大烟更值钱。由于没有人不在谈这个股票,在客人们交谈的时候,我们也竖起耳朵听。我们觉得橡胶不一定比大烟贵,但是肯定是贵重东西。

"是吗?那我们也买那个股票吧。"

"怎么买?"

"到买卖股票的地方去买不就行啦?"

从那天开始,纵然心里有一千个一万个不愿意,我和朋友都闭紧双眼接客,然后用卖身赚来的钱投资了澳大利亚橡胶树农场的股票。渐渐地,我们对待客人的态度都变妩媚了,这真是不可思议的事情。不过没关系,他们可是每天给我们叼来橡胶树股的摇钱树啊。

为了买更多的股票早点离开这个鬼地方,我们约好一定要咬着牙坚持下去!客人全部走掉后,我们会躲进妓院最偏僻的屋子里,兴奋地数着钱憧憬着脱离苦海的日子。

可在昨天,一家报纸刊登了一个晴天霹雳的消息,它说在上海发行澳大利亚橡胶树股的外国人全跑到国外去了,旁边还印着一张荒凉的橡胶树农场图片。拿报纸过来的客人问我们有没有买那个骗人的假股票。图片里,跟沙漠一样的山野里立着寥寥几棵橡胶树。这件事情的真相是投巨资买股票的人们追到澳大利亚才发现的。

真是莫名其妙,这肯定不是真的!这一定是编报纸的人在哗众取宠!他们不会敢这么做的,这也太明目张胆了!可是,万一是真的呢?无风不起浪啊,我马上去找朋友!

秀珍坐在凳子上,脚下就落着那张哭丧着脸的报纸,她瞅着那荒凉的农场,眼神像沙漠一样干枯。

"我们是不是太倒霉了?"她的声音太平静。

"你确定这是真的么?……这也太过分了!……"

我又提高了嗓门儿。

"好了,我要休息……"

秀珍说完这一句就背对着我躺在床上。我没想到,第二天,我再见到她的时候,她已经对这个世界彻底放手了。

黄浦江面上映着秀珍的眼睛,她在急涌的漩涡里召唤着我的名字。

你也来吧!

是啊,我们一开始就没有希望,一切希望都是骗人的!

我向朋友伸手,她也拉住了我。江水迅速地向我张开她温柔的怀抱,整个世界都在忍受着狂风暴雨的蹂躏,而我找到了一个温暖的归宿。

这些年来一直青睐我、折磨我的世界上的所有痛苦们、悲伤们,谢谢你们放了我,再见……

---

* 橡胶树股票骗局在几天之内夺去了众多投资者的生命。其中,有不少买卖人、普通市民和妓女。这是 1910 年夏天发生在上海的事情。

何日君再来？

　　你什么时候回来看我呢,我的主人？每天我都在望眼欲穿地盼着他,转眼间,已经过去七十年了。

　　1927年乍暖还寒的一天,风中还带着一丝凉意,法租界居民区的工地上挖起了第一锹土,不久我就诞生了。

　　我的主人是一位三十出头的法籍年轻男士,他二十几岁来到上海,在一家贸易公司任职,住的是公司为他提供的宿舍。白天,他在公司埋头苦干,下班后就跟同事们一起光顾租界里新开的赌场或舞厅;晚上,他一个人躺在床上,总感到莫名的寂寞。寂寞难耐时,他就到小区的草坪或公园里散心。

　　他负责的事情越来越多,但他没有一点怨言,反而喜欢上了工作。他在工作中发现人生有很多意想不到的事情,有时还会觉得自己很了不起,那种实现自我的快乐让他非常幸福。

他升任公司的副总后，越来越喜欢上了上海。他最后决定在这里定居，于是筹备建造一套房子，这就是我了。他选择的地段是全上海最好的，用的建材也是最昂贵的。一下班，他就跑到我这里来仔细监督施工。

当时的上海滩正在从一个小镇茁壮成长中，从我在这里立足后，就不断有弟弟妹妹们在这里安营扎寨，不久这个叫外滩的地方就以众多的华美的外国建筑而成为上海最绚丽的一件外衣，不停有外地的人过来看我们，一边感叹，一边回顾。

这里太完美了。清晨，明媚的阳光照耀着，路边的树木在幸福中欢唱，沿街的法国梧桐给路人送去幽静和凉爽。

盖我的那段日子，主人几乎每天都过来惬意地察看周围。完工后，他在花园里种下各种美丽的花草树木，然后回法国带来了夫人。他为白皮肤红脸颊的夫人准备了最幽静的里屋，从此全家人在她的温婉气息中幸福地生活。家里的很多人每天为我擦擦洗洗，夫人也挖空心思地打扮我。

一到夏天,花园里的绿荫又投给我清新的笑容,与主人夫妇一起度过的日子幸福而甜蜜。

后来宝宝出世了,花园的绿荫下又多了一把秋千。清风徐来,宝宝的欢笑声荡漾在整个宅院里,不禁让我感慨生活的美好。花园里偶尔会举行派对,宾客们就会结伴饶有兴趣地围着我走一圈,不时地指点夸奖,我的主人会跟中国老夫子那样"哪里哪里"地谦虚一下,一会又会满脸得意地"谢谢谢谢"。

下午的阳光变得懒洋洋,男宾们大多三五成群地在花园里高谈阔论,女客们却聚到我的某间舒适的会客室里,喝着饮料嘻嘻哈哈,佣人们则大汗淋漓地跑着碎步招待着他们。在厨房和花园里,偶尔响起忙得不可开交的佣人们匆匆交流的声音。有时,端着托盘小跑的佣人因为地板太滑而摔跟头。花园里,迎着阳光绽放的花儿在微笑,我听着主人笔挺的衬衫和夫人的熨烫整齐的衬裙发出的沙沙声,盼望着这样欢快的日子能永远继续下去。

但是,事与愿违。一个冬天的晚上,从远处传来了枪炮声。1932年"一·二八事变"爆发了。这个时候租界还很安全。曾经的清法战争也好,"一战"后刮起的世界经济危机也罢,上海不但没受影响,反而是发展最快的地方。在全世界的战争与经济危机中,外商们都认为上海是最安全的地方,因而将大量资金投到了上海。

然而,上海也不是永远的世外桃源。1937年爆发了"八一三事变",枪炮声不断,很多建筑也轰然倒塌,眨眼间成了断壁残垣,天空里弥漫着硝烟。人们惊恐地躲进了租界,有不少人在逃难路上遭遇不幸。由于不间歇的炮击,到处都会看到尸体。

主人沉着脸一动不动地坐在客厅的沙发上,他让夫人和孩子先回国了,一个人到了晚上,连灯都不开,一点声音都没有。有一天,他一个人在上海的街头徘徊了很久,挨个走进年轻时每天去的宿舍、饭店和俱乐部,回忆曾经的日子。

后来,他也离开了这里。我总是想念他。每逢春天,他种的那些花儿就在花园里争相绽放,它们也等着他回来,可他至今杳无音讯。

后来,日本人霸道地住了进来,他们撤走后,又有国民党政府的人搬进来。1949 年新中国成立后,又来了一批新人,可他们只有白天待在这里,因为他们只把我当作办公室,所以一到晚上我又是孤零零的一个了。我像主人曾经那样咀嚼着孤独,但好在白天有人,总比整日自己一个人呆着强,所以硬忍着孤独。

后来,改革开放了,上海重现昔日的摇曳多姿,青出于蓝而胜于蓝,一批又一批的外国游客来到上海。有人在透过绿荫可以看到我的地方为我照相,我的照片也刊登在了介绍上海的杂志上。我每天都在盼着主人回来看我。

可我至今还是怀念原来的主人,他看我时的那种爱恋又满足的眼神,只有他才有;我也怀念着那些绿树成荫、清风拂面、鸟语花香的安详甜蜜的日子。

有一天,他的儿子或孙子会不会出现在我的面前,告诉我老主人的故事呢?我今天仍在苦苦地等候与他重逢的那个美好时刻。

追梦人哈同

曾经有人问我能不能叫我点金手。我真的像点金手吗？这个问题让我认真梳理了一下自己的人生。

1851年，我出生在土耳其统治下的巴格达城的一个犹太家庭里。据说爷爷以上的祖先们都经过商，但不论是我们家，还是亲戚家，都没有一个成功的商人。家里很穷，我在六个儿女中排行老三，不上不下，从来没受到过父母的特别关爱。

五岁时，全家跟着就职于老沙逊公司的父亲迁到了印度孟买，可不久后父亲就撒手人寰了。

二十一岁那年，妈妈也离开了我们，再加上家里兄弟不和，自己又前途未卜，于是我无心留在孟买。左右权衡，我只身一人来到香港，进入了过去父亲工作过的老沙逊洋行，从最底层开始打拼。第二年，我被派到上海，成了老沙逊分行的一名社训。

"社训"听起来还不错吧？不过，说白了就是保安兼库管，是公司最低层岗位，但我很知足。1873 年，我已二十二岁了。当年的上海，对一个年轻人来说是新天地，至少在我眼里是这样的。

　　上海是鸦片战争后开埠的城市，刚开埠的时候，还只是吴淞江边的一大片芦苇地，不过三十年工夫就摇身一变成了国际海港。

　　从沙逊洋行的窗户里，看到马路上来来往往的肤色各不相同的人，他们步履匆匆，神情自信，脸上溢出的活力和热情是我在孟买时不曾见过的，我决心要搭上这艘扬帆起航的大船，在上海开辟一番天地。

　　我虽然现在只是一名底层保安，住得简陋、吃得糟糕、穿得褴褛，可我总觉得将来的生活一定充满了希望。这不是因为我现在发达了，才放马后炮。

　　我没有人脉，没有学历，也没有钱，但每天都在愉快地工作。因为我相信，像我这样一无所有的人，只有努力工作，得到领导的赏识，以后才能做自己想做的事情。

　　我做事从不像其他保安那样为了拿工资而工作，而是从公司老板的角度考虑我应该怎么做才能让老板满意，学会了这样的换位思考，我的工作成绩立刻就不同了。我相信，只要诚实认真地工作，总有一天会得到别人的赏识。

　　在公司，我负责保安与库管工作，但我觉得我应该做的不止于此。为了看管仓库，我住在仓库旁边的宿舍里，每天早起先打扫公司院子，然后把玻璃和楼梯擦得干干净净。就这样，因为我全力以赴地工作，不久，我升职当上了房地产业务经理。刚开始的时候，我做的也是收房租之类零碎的事情，后来才开始负责房地产买卖等较重要的业务。

　　后来，我把成功心得告诉一些同事，他们可能会有反感，反驳

11

我说"做好你的事情吧!"但当时,我的想法的确如此,我时刻铭记着:绝不能贪图地位、权势和金钱,搞不好就会"因小失大"。让老板多赚钱,自己才能赚钱,将来才会碰上更大的机会,这才是打工者的硬道理。

因为我总想着做好分内的事,进公司七年后,成了老板的经理人。老板跟客户谈判或与新的合作伙伴签订协议时,我也有机会谈自己的意见,在公司内部我也经常提出好的业务创意。渐渐地,我的态度和能力不仅被领导看在眼里,也渐渐折服了那些同事。

我记得公司刚开始让我经营房地产业务时,我很是忐忑。我明白,这些事务与我先前的那些收房租的业务区别很大,是关系到公司发展前途的事情。刚开始几天,我连日徘徊在外滩的江堤上。

上海的地理优势非常明显,英国看准了上海将成为未来的海运中枢,把"上海开埠"列到了鸦片战争的停战条件中,由此可见上海的前景有多么广阔。如果给海运中枢再加条铁路,上海将成为名副其实的中国乃至全世界的贸易中心。

我比较了我的出生地巴格达、我的成长地孟买、我的工作地香港和上海,随后我做出判断,如果这个动感城市想成为东西文化交融的国际都市,将需要一批现代建筑、四通八达的道路和大规模的商业区。那时上海只是一个大港口,距离一个国际都市还很远。

就像我刚到上海时从形形色色的行人身上感觉到的那样,上海的繁荣绝对需要租界内外的洋人与华人一起来努力,光靠有钱的洋人与外国资本成就不了上海的未来。散步在外滩的江堤上,思考诸如此类的问题时,新上海的模样和世界各国的人们穿梭在新城区里的样子像一幅幅画面浮现在我的眼前。

在我看来,这个城市将来肯定大有发展,而那个时期很微妙。当年,法国开始武力侵占交趾支那(越南南部),接着攻陷了越南北部的河内及其附近各地,整个越南沦为法国的保护国。中国从国防问题考虑,积极援助越南,频繁地与法国发生武力冲突。终于到1884年,两国间的战争爆发了。

法国虽然最后胜利了,但上海法租界内的外商都怕清政府回收外国人名下的房产,于是很多驻沪外国公司与商人陆续把资本撤到了海外,租界内的地产价格随之暴跌。

此时,我却劝沙逊老板借机低价收购别人急甩的地皮。得到沙逊老板的首肯后,我以最有可能发展为商业区的南京路为中心,扩张了房地产,不久沙逊洋行成为南京路的房地产首富,低价收购的地价暴涨到了白银五百万两。那时,我也用自己平生的积蓄买下了这边的一块地皮,赚了一千两白银。这虽然是陈年往事,但我至今还忘不了当时的喜悦。

卓越的业绩,树立了我在公司的威信,十年后,我荣升为公共租界房地产主任理事,再后来,我被选为两个租界的议员。

我做事情,从来不会照搬别人的方式,深思熟虑后一旦得出结论,就会雷厉风行。我先后在沙逊洋行与两个租界的房地产公司度过了近三十年的打工生涯,打工生涯还够长吧!1901年,在我五十岁那年才开始创业,设立了"哈同洋行",我的创业时间也够晚的,对吧?不过,我不着急。

对了,光顾着讲事业,忘了介绍我的夫人了。我是犹太人,而夫人是中国人。她是我在老沙逊洋行当房地产经理时结识并步入结婚殿堂的。

一天,走进一家大厦时,我被大堂中一位亭亭玉立的中国姑娘深深吸引住了,我对她可以说是一见钟情,后来我们结婚后,她不仅帮助我发展事业,而且影响了我的人生。可惜我们没有孩子,于是我们不分国籍收养了十几个孩子。我收养义子和跟中国人结婚的事情,在犹太人之间引起了不少非议。

我没去理会背后的议论。我想,当我是一个穷困的保安时,没有犹太人关心过我,现在我成了富豪,更没必要看他们的脸色行事。

创业满五年的时候,我超过沙逊洋行成了上海滩首屈一指的房地产大王,这会儿,人们都说我之所以成功,是因为娶了中国夫人,比别人更加了解中国和中国市场,也许是吧。

上海开埠后,很多洋人到上海从事贸易。他们把这边的东西卖到那边,又把那边的东西贩到这边来,这种简单的中介生意让不少人发了财。

这时,他们就需要银行。他们在外滩盖了银行,建了商城,而他们的住宅都集中在南京路和河南路东侧。当时,也有像沙逊洋行一样从事房地产行业的公司,可大多数洋商只有盖住宅、建商店的水平。

我觉得上海要想成为国际城市,需要坚实的基础,而那基础就是房地产。我的经营战略是这样的:不要把房地产看成是简单的商品来销售,而采用买地皮、盖楼和租售楼一体化的经营方式。

我以银行抵押或贷款的方式筹到一大笔钱后,没有去理会地价已上涨的南京路和河南路东侧,而是以超低价收购了河南路西侧与西藏路东侧的地皮。然后,把那边的老楼全部拆掉,盖新楼租给中国人居住或开商店。

与其他房地产商不一样,我在新楼里引进了自来水和电,这在当时都是非常现代化的。这为我赚足了人气,也挣够了钱。

我当时认为,前景无量的上海若要继续壮大,被划入租界范围的东西路已经失去了魅力,城市一定会向南北发展,所以收购了南北两边的农村地皮。后来我的推断一一应验,两边的地皮又涨到了天价。

　　与此同时,为了让南京路发展成国际商业区,我花重金建设了公共设施。南京路是上海最宽敞的马路,最适合做商业区。中国有句俗话:"店多成市",这话一点没错。

　　为了吸引商人到南京路,我从印度引进棕榈木(像枕木一样结实)铺路。于是中国政府感谢我,给我授予了勋章。而从个人得失来看,我虽然花了重金,可南京路一带的房价与地价直线上升,我的租金收入也跟着大幅上涨。

　　本来,南京路与河南路东侧的地价比西侧贵二十倍,但是重新铺路和包装过后,马路两旁的差价没了,也就是说两边的地价变得差不多。不过,不是东边的地价降了,而是西侧的地价比原来涨了二十倍。这么一来,您该知道我的利润有多高了吧?

　　那个时候,我一觉醒来就会多出来很多钱,每年光从南京路赚到的房租就有两百五十四万两,南京路房产的百分之四十四都是我的。

　　在我的故事中,"爱俪园"是不可或缺的。下面,我慢慢讲给大家听。

　　这是发生在我刚开"哈同洋行"时的事情。当时,我收购了西藏路西侧赛马场和静安寺中间的一块无人注意的幽静而价廉的一百五十亩地,然后在那里设计建造了我梦寐以求的花园和住宅,取名"爱俪园"。我很想在那里与妻子和孩子们共享天伦之乐,死后也安息在那里。

　　在花园里,我建了寺院和学校。我真想把这里建成中国花园的典范,后来,这里真的成了观光胜地。我又让中国的学者们在需要的时候随意使用这个地方。有时也向普通人开放,让他们欣赏这里的美景。孙中山先生也非常喜欢这个花园,经常在这里开会。政治动荡的时候,也有很多人躲进了花园里,我会尽我所能去帮助他们。

"爱俪园"竣工后,我收购花园周围的全部地皮建造石库门(结合中西方建筑形式的新型民宅),租给了普通人。

盖石库门之前,我这样问过妻子:

"亲爱的,你喜欢住什么样的地方?你站在普通中国人的立场上好好想一想。"

妻子便这样答道:

"跟你结婚之前,我很好奇洋人住在什么样的房子里。我想,很多中国人都想知道。他们虽然不奢望,但总是梦想着生活在那样的西式石屋里该有多幸福?如果像气派的洋行或银行建筑一样有花纹雕饰的房子,那就更好了。"

接着,她继续道:

"不过,房子要符合中国人的生活方式。如果盖得太离谱,大家就都不习惯了。"

听完妻子的话,我马上想起了中西合璧的石库门。后来,我盖的石库门在中国人中引起了轰动,不久,石库门和类似的建筑就在上海流行起来了。

很多人住进了爱俪园周围的石库门里,我就让他们在爱俪园附近享受生活。我又盖小规模洋房,租给了有点财力的人。从此,一直安静的南京路西侧突然变成了人声鼎沸的住宅社区。我盖的楼都是为中国人量身定做的,也符合上海市况。当然,我处处为房客着想,所以我的楼总是大受欢迎。

也许,妻子比我更有魄力。她经常邀请一些中国的著名人士到"爱俪园"来做客,所以我有幸跟很多中国人有了私交。

"先生,这个周末咱们请孙中山先生过来共进午餐,好吗? 干脆把他们一家人都请来吧? 那样,你也可以对中国的局势有更多新的了解。"

当时,政局动荡,一切都不稳定。在那种时代,能跟时代领袖促膝长谈,不仅是无比的荣耀,更是难逢的大好时机! 请别误会,我和妻子并没有利用这些关系。妻子不介入政治,她更注重并擅长的是与中国名士打交道。

时值当年,清朝灭亡,皇帝被废,政治动荡。太监们都被赶出了宫外,于是我买下几个太监到园里帮工,侍候我妻子。

我的这一生中经历了无数次动荡与剧变。我在与妻子请来

17

的贵客们的交谈中,更加深刻地了解了中国社会,把握住时代变革的节奏做出了及时的应变。事业家要熟悉社会的所有情况,这样才能有准确的判断。

我讲最后一个赚钱的故事。

南京路与河南路东西两侧的地价持平后,我又想到了一个赚钱的办法。那就是:我只租地皮,让顾客投资建楼。我曾经在南京路与浙江路交叉处买了八亩地,然后一直把它闲在那里。人们问我为什么要让地皮闲着,而我只说时机未到。

过了好长一段时间,一个澳大利亚华侨老郭想在那里建永安百货大楼,它的对面是当年在上海最有名气的先施百货店。

看我要的价钱非常高,老郭这样对我说:

"您的地皮和对面的先施百货比起来,地段不好,客流量也少,价格太高了。"

我跟他解释我为何把地皮闲置了那么长时间,此处又多么合适盖百货大楼。最后,老郭还是比"先施"花了更多的钱租了三十年。合同里,我还加上了租赁期满后他盖的楼归我们公司所有的条款。

签订合同后没到三年,我就收回了当初花在那块地皮上的所有投资。老郭也从最高档百货店老板那里赚了大把大把的钱。三十年后,即于1946年(其实我早于1931年谢世,享年八十岁),永安百货由于不愿放弃那个地段,只好以一百一十二万美元的价格回收了自己盖的那幢楼。

回头看我这一辈子,我从来没有追着钱跑,只是随着自己的感觉走。我没有为钱做过坑蒙拐骗的勾当,所以我问心无愧地走入了富人的行列。艰难的现实生活往往会让人放弃自己的梦想，不过梦想在艰难中更能发挥作用。

　　如果有人问，我与别人的不同之处，我只说一句话，我把别人的梦想当成了自己的梦想。

　　希望您也能拥有那样的梦想与幸运。

厨师的初恋

昨天,我刚刚过了九十七岁的生日,近一个世纪的岁月就像一江春水,从我身边悄无声息地流逝。然而,年轻时代上海的一草一木,至今记忆犹新。享受着这份回忆,连日来我无法入睡,在梦里我都在预定飞往上海的机票。

那年我才十二岁,有一天晚上,我偷偷从家里跑出来坐火车来到了上海。妈妈在生我弟弟时难产而死,父亲却只知道大声训斥和打人,对儿女毫不关心。

十二岁的孩子想在上海活下来,只有两条路:一是做乞丐,二是去有东西吃的饭店打杂。我的左边脑袋上有一块疤痕,那是当年一个汉子朝我扔勺子时留下的。如果我不打起精神,灶台上的炊具随时会朝我飞过来。从这家学到那家,十九岁,我终于成了南京路一家小餐厅的副厨。

一个星期天早上,我跟大厨一起上早市去买菜。我们每天逛早市的顺序是这样的:如果米面用完了就先买米面,其次是蔬菜,最后买鱼肉,然后赶紧赶回饭店把它们存放在阴凉处。大厨负责挑菜、结账,我就把买好的东西装进背篓里。那天,一直到肉铺里买猪肉为止,都跟平常一样。

　　"这个多少钱?"

　　我把十多斤的猪肉分装在背篓里的时候,一位太太向肉铺老板询问猪肉的价钱。我没有把她的话当回事,继续伸手去抓剩下的肉块。

　　"妈妈!"

　　耳边响起这个声音的时候,我不自觉地从背篓里转移视线回头看。那里,太太的女儿抓着妈妈的裙摆怯生生地看着我把肉往背篓里装。小女孩儿的视线一跟我对上,马上躲到了太太的裙子后面。那一瞬,我手里拿着肉块魂不守舍地望着小女孩儿的脸,她还不到十岁。

　　"干吗呢? 还不赶紧装上!"

　　听到了大厨催我的声音,手脚却任性地没有动弹。

　　"走啊。"

　　大厨走过来从我手里抢下肉块装进了背篓里,而我直到那个时候还是不能动弹。小女孩拉着妈妈的胳膊匆匆消失在我的视野里,我像丢了魂儿似的久久地望着她的背影。

　　那天以后,一到菜场我就环顾四周寻找她的身影,憧憬着能够看到那张明媚的脸庞,可是每次都失望而归。

　　第二次见她是很偶然的,正在收拾餐桌一抬头猛地发现,她正走过我工作的饭店窗前,我手忙脚乱地打开窗户,她美丽的额头正迎着清晨的阳光,轻快地走过饭店前面的马路,我觉得她走过的路上仿佛飘着会变戏法的云彩。

从那以后，我就如愿能够经常看到她，也拐弯抹角地打听到她的一些事情，她叫徐豪然，爸爸经营着一家相当规模的工厂，负责给闸北纺织厂供应设备或者维修坏机器。

我知道自己是痴心妄想，可是只要能够从远处望着她像蝴蝶一样飞在阳光里，我就满心欢喜，整天都快乐。有时，我也在奢望那个瞬间能够变成永恒；有时想起她，不知不觉地眼中就溢满了泪水，我也不知道自己为什么要这样。每次她从我身边走过的瞬间，都是我人生中最美好而永恒的时刻。

"你的手艺的确好多了。"

大厨在说我做的饺子。做尽世上美食是每个厨师的梦想，从我被勺子打出伤疤起，就梦想着这一天的到来。不仅是梦想使然，从遇见她的那天开始，我就无声地对自己说：

"你的美食都是为她而做的。不对，不仅是美食，为了即将长大的她，你得变成当之无愧的好男儿，让自己更上一层楼才是啊。"

不管去市场买菜，还是在灶台前炒菜，我用坚毅的眼神告诫自己一切都是为她而做，她的稚嫩脸蛋总在我的眼前晃着，鼓舞着我把每道工序做到完美。

"这家铺子虽小，饺子却是南京路第一啊。"

"嗯，菜也不错呢。"

自从当上大厨后，我的口碑越传越好，回头客也越来越多，最让我心动的是，窗外的她也亭亭玉立了。如果她比惯常时间出现得晚一会儿，我都会心神不宁地盯着窗外，生怕是因为自己的不留神错过了她，每当那个时候，心中的忐忑就一览无余地传到了手中的饺子上，轻轻颤抖。一旦她出现在阳光下的街头，马上就有温暖的气流传到我手里。

现实只允许我默默地望着她,因为我们在两个相去甚远的圈子里。尽管我的厨艺口碑甚佳,可她的家人从来不到这里吃饭。每道食物都是为她而做,这是我心里的秘密,无人知晓。我和她的生活就像两条平行的轨道,永远没有交点的希望。

二十四岁那年的一天,突然从饭店客人那里听到了一个可怕的消息。

"日本妙发寺不是到上海了吗? 听说,那里的和尚跟四个信徒一起上街化缘的时候,受到一群怪家伙的袭击。和尚当场死亡,其中两个信徒也受伤进了医院,还不知道能不能救活呢。"

"什么人干的啊?"

"谁知道啊,日本人说是路边毛巾工厂里的工人干的,所以去放火烧掉了那个工厂。事情已经闹得很大了。"

"九一八事变"以后,人们的抗日情绪越发激烈,听到这样的事情都以为是爱国青年一时激愤做了冲动的事情。但是不久,人们就清楚,事实远不是这样的,那些事情压根就不是中国人干的,而是驻上海日本领事馆的一个武官策划的。

现在看来,那时候,我是很自私的,当别人在为共同的国家辛劳筹划、无私奉献甚至流血牺牲的时候,我的心里却只有她,我每天仍然靠着她的影子有滋有味地包饺子、炒菜,下厨对我来说就是一种享受。

突然有一天晚上,地动山摇的炮击声把我惊醒,我还没来得及擦掉落在脸上的尘土,突然意识到枪声来自四川北路西侧,紧接着闸北一带连连响起枪声与爆炸声。我知道,那一带集中了很多纺织厂、铸造厂,她爸爸的工厂也在其中。

炮声断断续续地持续了好几天,我只能利用一切空隙闭上眼为她们全家祈祷。从那天晚上到现在,已经有近半个月没有见到她了,时间越长,预感就越不好,但我还是对自己说,好人一定会有好报!但一个半月后,我还是听到了不好的消息。那天,我跟往常一样放下手中的活计,呆呆地望着窗外。

"你是不是在等那个孩子?"

"您说谁啊?"

"从没到过我们饭店,但每天早上都路过我们饭店去上学的那个孩子啊。"

我一惊,不知道该怎么接话,否定吧,撒谎一定会更尴尬,于是我继续沉默,我想这既不是偷又不是抢,而且,我什么都没说,更什么都没做。

"我是不经意中发现的。不过怕你尴尬,一直没有说出来。每当你如痴如醉地望着窗外时,总能发现那女孩儿从门前经过。"

"已经有一个多月没见到她了。"

我这才微微打开了心扉。

"我也昨天才听说的。上次闸北变成一片火海的时候,她们家的工厂好像也被烧毁了。"

"那人呢?"

"她们家在南京路,她爸爸发了疯似的去抢救重要设备的时候被大火吞没了。"

老板知道的只有这些,可实际情况比这更糟。爸爸的死让妈妈受了很大刺激,一夜间苍老了许多,她也不再是以前那个迎着阳光走去的轻松身影,脸上明显多了一丝与年纪不相仿的忧郁,总是低着头,匆匆而过。但我知道,我还不能闯进她们的世界。

又过了五年,我已经二十九岁了。中日正式开战后,老板把半死不活的饭店交给我,跑去香港了。在枪声炮火中,我把饭店

24

重新修缮并装修好后,第一次访问了她们家。她妈妈艰难地从床上坐了起来。

"太太,您可能不认识我。十年前的一个夏天,我在菜市场里第一次见过您和令爱。"

如此开场后,我竟然一扫平日里的腼腆,坦白了自己暗恋她的漫长过程,又讲了五年前闸北受到"一·二八事变"的冲击后,想来却不敢来的心境。

"那你现在是来……"

"太太,请您帮帮我,我是来向令爱求婚的。"

"你是说我们家道比以前败落了很多,是吗?"

"不是的,当时我还没有自己开店,实在是力不从心。再说,那时她还小,不宜求婚啊。"

她的妈妈打量我好久后,把她叫了出来。

"豪然,出来一下。"

她小心翼翼地打开门,看到我的一刹那,马上把门关上了。

"瞧这孩子……"

她妈妈低声安慰我道。

"孩子怕羞。"

也许她妈妈的话不错,但她猛地关上房门的那一刻,我的心就像被门缝夹到了一般,感到了绝望的疼痛。她不知道我暗恋她已经十年了,只是觉得冷不丁跑过来向自己求婚的这个男人配不上自己,也许觉得受了伤害。那时,我是二十九岁的大龄小伙,她是十九岁的妙龄姑娘,但还不只是年龄问题。

身心俱疲的妈妈好像要把自己和女儿的将来一起交给我,但她最关心的是女儿的幸福。我忘记自己事业刚刚起步的事实,安抚她妈妈说,如果上海的局势让她们不安,我也可以卖掉店面,带她们去香港。听完这番话，她妈妈好像更加信赖我，但是重新被叫来的豪然，脸上写满了疑惑。我的十年期待换回的是一张平静的脸，没有感谢，没有默认，没有婉拒，什么都没有，我的心就像掉进了迷宫一样，更加郁闷。

但我想用行动去打动她，每天都送去我亲手做的食物，而且到处打听治疗她妈妈的方子。

"豪然小姐，我已经跟伯母也说过了。如果上海让你们不安，我可以马上处理饭店，带着你和伯母一起去香港。所以，你可以随时告诉我你的意见。"

不过，她总是瞪着漂亮的大眼睛不做任何表态，对我的回答也只有两个字："是"或者"不是"。

这让我更加担心，伯母已经投了我一票，但我连她的基本想法都不知道，她的那种凡事默然的表情让我心疼又焦急。日本人制造的闸北炮击，让她家破人亡，她从蜜罐里的小姐变成了母女相依为命、没有经济来源的可怜女孩，但她比任何女孩都长得漂亮、端庄，像我这种小饭店的杂役都暗恋了她那么久，她的周围一定环绕着很多家境好教养好又英俊的年轻人，说不定心里早就有心上人了。现在战事不断，朝不保夕，很多人都匆匆结婚，可她对我的求婚既不答应也不回绝，我虽然每天都出入她家，都能见她一会，可是她的心思，我一点都不懂。做厨师，我自信十足，可是面对沉默不语的她，我一点办法都没有。

在她沉默的时候，上海的战事愈变愈烈，开埠后的近百年里，从未发生过战事的租界也变得岌岌可危。我像先前的老板一样，把饭店低价兑给了饭店的大厨，买了三张去香港的船票。当时，很多人都处理掉上海的一切逃往香港，所以船票特别难买，贵得跟低价出售的房价一样。

"豪然小姐,我们明天晚上去香港。你和伯母赶紧收拾一下行李,我明天下午来接你们。"

她还是眼睛盯着地面,一言不发。伯母赶紧打圆场,说了一通客气话。

"我明天来接你们。"

我向伯母告别时,她认真地鞠躬回礼,我似乎看到了她眼中闪烁的泪珠,我心中窃喜,以为精诚所至,金石为开。

谁能想到,那是我跟她的最后一面。

第二天,我好不容易雇上三辆黄包车赶到时,她已经永远地去了。她穿上了我送给她的一件连衣裙,手腕上也是我送她的一条链子,桌子上,留着一封遗书,娟秀的笔迹是她写给我的第一封信也是最后一封信:

"我真的很对不起您,您那样爱我疼我,我却不能把自己的心完完全全地交给您! 拜托您照顾好我妈妈。"

"下辈子,您和我该怎么见面呢? 请您忘掉这辈子的一切,继续向我伸出双手吧,我一定会心甘情愿地奔向你的怀抱。"

这就是遗书的最后两句话。

心痛如同刀绞,我趴在她的身上嚎啕大哭,你为什么不能告诉我? 我既然能够偷偷地爱你十年,也能继续悄悄地爱下去,只要你快乐,只要你幸福我就知足,难道你就这么瞧不起我,要用这种方式让我心痛? 我想为你建造世界上最美丽的家,如果你不高兴来做女主人,我怎么就会强迫你? 豪然,我希望自己能够打动你,并不是要把你逼死啊!

豪然就这么走了,看着那张安静、熟悉而又陌生的脸,过去十年的相思就像太阳光照中的浮尘,真实而又虚幻,我能做的、需要继续做下去的,就是给她举办一个精心的葬礼,让她走得一路顺利。

葬礼后，我就悄悄地离开了上海；四十年前，我又从香港移民到了美国。

我到现在还想不通她为什么突然会有那么极端的行为，是她的自尊吗？她以为我在乘虚而入，一个小饭店的杂役向她求婚，让她看到了自己的绝望处境？如果不是，还有其他原因吗？是她已经心许他人，无可奈何？如果这些都不是，她会不会答应我的求婚？又是什么原因，让柔弱的她绝然地放弃了自己的年轻生命呢？

我这辈子的日子也不多了。在这所剩无几的日子里，我几乎天天梦到她，也许是她在实践自己的诺言，也许我们下辈子能够牵手一生，我又开始期待了。

小　飞　虎

从我记事起,我们就住在大山的那个木屋里,那里离学校很远,大概父亲也从来没想过让我上学。父亲讨厌人多,喜欢清净,在这山里种旱田、打猎,养活我们爷俩。

有时候,我会缠着父亲一起去打猎。每当那个时候,父亲总是说等我长大些能握枪的时候就带我去。我问那得多久,父亲拍着我的肩膀说,十二岁吧。我就想,得掰着指头数四个冬天呢。

我从来没有见过母亲,如果我问起母亲来,父亲会神色暗淡地避而不答,不高兴的时候还会厉声喝住。母亲究竟是去世了,还是自己离开了这深山老林? 或者,是因为母亲不在了,我们才搬到这山沟里的? 父亲总也不说,时间长了,我也就不问了。

没事的时候,父亲就坐在木屋前抽旱烟袋,默默地看着山上的一切。时间长了,我也学会了享受这山上的一切。从春天的万物复苏、夏天的争奇斗艳到秋天的五彩缤纷、冬天的茫茫雪山,每一个季节都别有一番滋味,都像是天上的神灵送给我的礼物。那草、那花、那树,微风、细雨和潺潺流动的溪水,似乎都在跟我打招呼。清晨的阳光洒在田野上,我就像一只野兽一样,奔跑在挂满露珠的草地上;风儿吹过这山到那山的时候,我又顺着风儿跑下去,随便倒在一个地方任风从身上吹过。

　　偶尔,我会跟着父亲下山到镇里的集市。每当这个时候,我都会兴奋地比平时早醒很多。远远地就会看到好多人,还有包子笼屉上的腾腾热气,我小跑着过去,渐渐听到了鸡市上的鸡叫声,人们的讨价还价和为了秤高秤低的争吵声,货物大多都是直接摆放在地上的破毡子上,也有的支一张案子,放些稍微贵重些的东西,比如光滑漂亮的绸缎。父亲对这些却熟视无睹,每次都是固定的路线,先是站在集头卖掉打好的猎物,然后去西头的王大妈那里买些针线,再去集市中间的老张那里买些油盐,最后从凶巴巴的李头那里买些打猎用的火药和子弹。父亲有时候给我一毛钱,让我自己去溜达,那么多从来没有见过的东西,让我忍不住过去摸摸,拿起来看看,每次都没看够父亲就来找我了。但是,有一次父亲问我,喜欢住在集市还是山里,我还是毫不犹豫地说了山里。

　　那一次,父亲出去打猎就再也没有回来。父亲以前也去过很远的地方打猎,把我一个人留在家里,好几天都不会回来。但回来的时候,父亲就会背着虎皮、豹皮等珍贵的猎物。但是这次,父亲已经出去五天了,这比以前都要长,每天晚上听着野兽在不远处的哭叫声,我就想象着父亲正在往家走的样子,他一定是高高

30

兴兴地穿梭在树林里,期待着回来给我炫耀他的猎物。但是,每次我都是在失望中睡着了,又过了两天,我实在等不下去了,准备了些干粮出去找父亲。

四天后,我在山谷里找到了父亲。父亲好像是在打猎时受到了野兽的反击,放下枪倒在了山坡上。我抱着父亲的遗体平生第一次号啕大哭。回过神来仔细一看,攻击父亲的不像是老虎,倒像是被大野猪用大门牙顶倒父亲的。可能野猪最后也受了重伤,扔下父亲跑了,如果我能够早点来,父亲说不定还不会死。想到这里,我哭得更凶了。但是,我虽然心痛无比,根本就搬不动父亲,也没有人能帮我,只好先用树枝遮挡好父亲,回家拖来铁锹和锄头,在父亲倒下的地方挖了个大坑,埋葬了他。年少的我能为生养我的父亲做的也只有这些了。

回家后的好几天,我都是在失魂落魄中度过的。父亲再也回不来了,我也不能依靠想念父亲让自己不再害怕野狼的嚎叫声,我该怎么办呢? 我也想过,父亲没了,要不我就下山去镇上生活吧,可总觉得我一个人在那里更活不下去。

我就继续留在山上,吃着父亲收种的土豆、玉米和高粱,还用父亲教的法子套兔子。我一个人吃喝拉撒,跟树上的鸟说心里话,跟门前的树桩发牢骚,想起来的时候就去看看父亲,我对父亲说,等我长大了就把他抱回木屋里去。

满山遍野丹枫飘零的时候,以前来过的叔叔又来了。我把事情一五一十地讲给他听。叔叔的眉头一直紧皱着,手里的烟卷一根接着一根。

"这都两三月了,都是你自己住在这里?"

"嗯。"

"怎么没下山啊?"

"我觉得这里好。"

"不怕野兽吗?"

"不怕。"

第二天,我把叔叔领到了父亲的坟前,叔叔把带给父亲的酒洒在了父亲的坟包上。

"大哥,我要把绪刚带下山了,一定好好照顾他,你放心地去吧。"

叔叔把我带到了上海,这里比我和父亲去过的集镇不知道大多少倍,有很多很多我没有见过的东西,但跟在集镇上不一样,每次我走过去看看,还没有伸手去摸,总会有人把我厉声喝住。他们都很凶,眼神里都是鄙夷和厌恶,我也讨厌他们。

生活在叔叔家里,更让我无法忍受。

叔叔家很小,厨房小得只能进去一个人,卧室里,男孩女孩分两层睡在架子床上,整天都是孩子们的吵架声。自从我来了,他们的大嗓门更是一股脑地针对我,堂弟堂妹们还小,叔叔也总批评他们,但婶婶从来不跟我说话,看着我的时候,总是拉着脸,住了没有一个月,我就跟叔叔说,想回山里。

"不行,你太小,万一有个三长两短,我怎么跟大哥交代。"

"没事的,叔叔来之前,我就是一个人过的。"

"那是因为还有你父亲种的粮食。现在那些都吃完了,你怎么过啊?"

这时,旁边的婶婶冷淡地说:

"哎,人家要走,你干吗拦着啊?"

一个月里,我知道家里都是婶婶说了算。叔叔没有办法,只好把我带到了一个陌生人家里。

"这孩子的眼睛真亮啊。"

"是呢是呢。"

"很安静,但很执拗。"

"孩子从小在山里长大,心眼好。"

"行啊,他要是愿意,就留在这里吧。"

就这样,九岁那年,我成了养子。

养父家是一幢别墅,两层的房子还有一个院子,院子里种着好多松树还养着好几条狗,这里比叔叔家宽敞又好玩。家里还经常有几个大哥哥出入,他们都长得魁梧,功夫也高。他们爱叫我"小鬼",带我出去玩,还经常送给我一些好玩意,木枪、弹弓、陀螺等等,都很疼我。

大哥哥们有时在院子里练武,有时成群结队地出门,可我整天都待在家里。

"你得念书,目不识丁哪行啊?"

一天,养父叫我去客厅拿普洱茶,看我在一堆茶罐子面前犹豫,说道。

"我不要念书。"

"到了城市,就不能像山里的野兽那样随性了,不识字怎么跟人打交道啊?"

养父硬是把我送进了学校,给我买了新书包、新书本。不久我就会写自己的名字了,但是我还是不喜欢学校。班里的同学知道我是从山沟里来的,都不跟我说话,上课下课我都一个人坐在座位上,以前的时候,都是我说大山听,现在听着他们在我耳边聒噪,我真是烦透学校了。

有好几次,一些调皮的孩子聚在回家的路上,一起喊我"乡巴佬"。其实,他们瞧不起我,我也瞧不起他们,因为我知道我是不屑跟他们打架,只要我一动手,他们一起上也不是我的对手。我有能感觉对方和他弱点的本能,这是在山上长期混在野兽群里潜移默化学来的本事。

有一天晚上,住在院子那边的大哥哥们都出门了,家里只剩下我和养父母。夜深的时候,突然有种异样的感觉遍布我全身,我忍不住掀开窗帘的一角,看院子里的动静。从哥哥们宿舍那边贴着墙根蹑手蹑脚地向这边走过来的猫,突然止步不前,它惴惴不安地跳上墙,以此为踏板又跳上了宿舍屋顶上。

如果是换了普通人,这种时候都不会有感觉,但我本能地感知了一种危险。我虽然在屋里,但从门缝透进来外面的空气好乱腾。我在步步紧逼的危险中悄声快步地走到养父母的房里,举起右手食指放到嘴上,示意他们不要出声。

"出事啦?"

养父母也轻声问道。

"嘘……"

我继续示意他们不要出声,往外拉穿着睡衣的养父母。

"我们得躲一下。"

"要出去吗?"

我摇头,指了指地板下面。

"你怎么知道这里……"

客厅里有通往地下密室的门,经常出入这个房间的大哥哥们也不知道这里有这么一个门,但我发现那边有细微的空气流动,于是猜到那里必定有秘密通道。

那天晚上,我和养父母都安然无恙,而回家的大哥哥们却伤的伤,死的死。破门而入的恶人们为了寻找养父翻遍了整个房子,可最终还是没有发现那个密室。

他们退走后,养父从地下室出来跟我说:"是你救了我。"

几天后,养父把我领到了自己非常尊敬的一位先生面前。

"如果他问你什么问题,你得好好回答。"

那人脸上没有赘肉,眼神像刚打磨出来的刀刃一样锐利,所有人在他面前都很拘谨。

"老板,他就是我上次向您提过的那个孩子。那天,黄金荣手下突袭我家时,就是他救了我们夫妇。"

"过来,你叫什么名字?"

"刘绪刚。"

"身板小,还年幼啊。"

我喜欢他的像闪电一样的眼神。有几次,我跟随父亲去打猎的时候,从野兽的眼里也看到过这种像闪电一样的眼神。我一见他,就想起以前驰骋于山野时的自由与紧张,不经意地笑了一下。

"你向我笑啊。"

那人也向我微笑。

"留下他吧。"

他,就是以后上海滩鼎鼎大名的黑帮头目杜月笙。

从那以后,我就跟在养父母家里那样,待在他的家和办公室里。这里的人除了"小鬼"的绰号,又给我取了新名字——小飞虎,我特别喜欢这个绰号,觉得特别亲切,好像大家都在叫过去那个山里的野孩子似的。

看样子,老板的职员们的主要活动半径在法租界内,组织内部的大人们管那里叫"我们的地盘"。搬到这里来时,我顺其自然地辍了学,我也就有空细心地观察和学习组织内部的一切,这比在学校黑板学习的方式更加适合我。

在山里生活的时候,父亲基本没用语言教我,只教过便于交流的简单对话而已。所以,我即使不用语言去交流,也本能地知道对方在需要什么。在这里,我也几乎自学成才。

老板的话也不多。在上海滩,没有人敢在老板面前放肆。人们让我多说话取悦老板,但我们的交流方式却是沉默与眼神。即使老板不说话,我也明白那一刻他在想什么。

我搬到老板家后的第二年,老板在浦东盖了座寺庙捐给国家,为此他举办了一场声势浩大的捐赠仪式。捐赠队伍中,还有政府官员和各国外交官,连正在路上的电影公司也放弃当天拍摄计划,跟着队伍拍外景。

为保老板、夫人和姨太太们万无一失,组织内部进行过彻底的彩排,活动现场的戒严工作也做得滴水不漏。在街上,我神不知鬼不觉地紧随在老板的身侧,即使有人看到我,也不会对混在队列中的小男孩起疑心。我的任务是动员全身的细胞感知随时都有可能发生的突发状况。为了让这个举国同庆的寺庙捐赠仪式顺利进行,所有帮会成员都紧绷着身上的每根弦。活动过程中,我发现老板偶尔露出满意的笑容。

后来,老板成了上海人尊敬的法租界议员。每当有外事活动,他总是洗得干干净净,在炎炎的夏日依旧穿得整整齐齐,衬衫领口的扣子扣得一丝不苟。

老板喜欢带我去视察澡堂、理发站、剧场、赌场、娱乐场和饭店等各种地方。每到一处,人们对他都是毕恭毕敬的。我常常饶有兴趣地看老板剃头的样子,好笑的是像老板这样让上海人闻之丧胆的人,也要把自己的脖子露在世界上最锋利的刀尖下。去澡堂搓澡的时候,我发现老板的身板很瘦小,就是这样一个人掌握着上海最厉害的帮会。不论是在走路的时候,还是在看报纸的时候,再普通不过的事情一受到老板的注视,就马上被赋予了新的价值和意义。

老板去黄包车公司办公的时候也会带我去。这样一来,老板的漂亮姨太太们争着宠我,组织内部的高层们也尽量讨好老板和我。

组织内部的人不论职别的高低,偶尔会问我老板的情绪和行踪。但是,即使是养父和叔叔来问,我也会守口如瓶。从来没有人告诉过我应该这么做,但我自己觉得这才是对的。

"连养父问你都不肯说?"

"是的。叔叔问我也不会说,姨太太们来了也一样。"

不仅是养父,组织内部的人或姨太太们也都会问同样的问题。更让我感到奇怪的是,我只要看老板的一个眼神、一个背影就能知道的事情,不知大人们为何总想跟我一一确认。

有一天,养父愁容满面地跑到了办公室里,他看我一个人在,就问老板的行踪,但我跟往常一样没有回答。

"孩子,这件事情非常重要,老板知道了才不会误事。"

我还是缄口不语。

"到底去哪儿了?"

"……"

"是我把你带到这儿的,现在看来我就死在你手上。"

乱了方寸的养父在台阶上上上下下地跑了好几趟,过一会儿嘟哝了这句我听不懂的话后回去了。从那以后的好长一段时间里,养父没有来过老板的办公室。

"最近养父怎么不来了啊?"

我向来看我的叔叔悄悄打听养父的近况。我年龄虽小,可仍然记得上次养父忐忑的样子。

"不晓得,在忙别的事情吧。"

叔叔支吾道。叔叔回去后,我又向别人打听,可他们的回答都如出一辙。

后来有一天凌晨,锋利的匕首从背后刺向我的感觉猛然把我惊醒,直觉告诉我,正在发生着不寻常的事情。我赶紧跑到窗口看外面的动静,透过蒙蒙雾气,有口棺材正在往院子外抬,四个壮汉将一口用绳子捆绑好的棺材装在了等在外边的马车上。

啊……

那一刹那,我明白了所有的一切。躺在那口棺材里的应该是两天前问我老板行踪的码头负责人,这都不用开棺我也能知道。领悟这一切的同时,我的嘴里流出了呻吟:

"原来是那么去的啊!"

此时此刻,我想的不是刚才那口棺材的主人,而是一个多月没露脸的养父。养父也好,躺在棺材里被抬出去的码头负责人也好,绝对不会因为问过老板的行踪或在报告某件事情之前问过老板的情绪而横着出去。他们之所以关心老板的行踪或情绪,是因为他们心里有鬼或没把事情办明白。

从那以后,我把嘴巴管得更加严实。除了回答老板的问话外,有时一整天都不会说一句话。我在帮会中逐渐长大,也悟出了一些潜规则。做买卖的时候,如果对方出现叛徒,老板第二天凌晨就像送花一样把棺材送到对方那边;如果出现内鬼,就神不知鬼不觉地把这个人的尸体装进棺材里抬出去。这种杀一儆百的做法该知道的人都知道,让人们明白背叛的代价有多么残酷。

老板就像驰骋于这个城市并掌握整个城市的野兽,他不仅果断决绝,而且善于敛财,又会散财。高层大哥们说帮会今天能自如控制上海滩鸦片提运,全部得益于老板的这种经营模式。

我在老板的身边呆得久了,发现他从来没有犹豫不决的时候。他把信誉视如生命,只要向人说出"我保证"一句,在整个上海就被认定是万无一失的事情。他不仅是黑道中的冷酷老板,更是整个上海的幕后操控者。

直到十五岁,我都在老板的身边侍候。十六岁的时候,我生理上变化了,声音变粗,胡子也长了,连我自己都觉得自己从少年变成了男人。那就像娇小的野猫变成壮实的豹猫的过程一样,个子也长了,胸和肩也宽了,我已经过了可以跟老板一起出入澡堂子和理发铺的年纪。

但我仍在担任老板办公室的警卫,负责检查来访的客人。我只要看来人的表情和举止就能知道他们在想什么。老板的身侧要始终保持安全,警卫工作就格外重要。

后来,我从野豹猫长到野豹子的时候,帮会大哥们就带我去可能会发生斗殴的地方。不管单挑也好,打群架也罢,我一到那种地方就本能地察觉出接下来会发生什么情况。我虽然很早就下了山,可仍像一只野兽一样不会放过稍纵即逝的一瞬间。这让我联想到野兽和我的一对一的决绝,那一刻时间会停止,我全凭本能去反应。

第一次亲临实战时,我才知道即使在这个道上混出模样来的人与野兽比起来,身手还是很慢。跟对方比试的时候,我非常看重对方散发出来的某种气息。从对方动手前散发的气息中,我能读到他下一步会采取什么动作,接下来我将遭遇什么情况,也就是说,我的动作肯定比对方快一个半拍。

我从来没学过怎么跟人打架。尽管在这里长到近二十岁,也从来没有人给我传授过打架技巧。我到这里以来，小时候就像宠物一样跟着老板，稍微长大了就负责看守老板的办公室，此外没有做过别的事情。我虽然没有特意去学过打架，可从小在山里见过很多动物，所以我会用它们的方式打架。

需要学的就是怎么使手枪，父亲也有叔叔弄来的猎枪，但它与手枪的感觉完全不一样。猎枪也是能一枪解决问题的可怕武器没错，但在终日追着野兽跑的父亲手里，它变成了与人共同呼吸的朋友。手枪不同，它可以藏在怀里，但它比猎枪更冷酷。它可以随时随地一枪定乾坤，但也有能用和不能用的场合。我想，只有身体和拳头才能用得随心所欲。

我外出的时间也逐渐多了起来，常常跟提运大件或重要物件的成员一起出去，助他们一臂之力。我跟年龄长的前辈们搭档，到码头仓库、私人密室或深山里，接回鸦片。

除此之外，跟其他帮派打交道的时候，总是弥漫着异样的气氛。我作为老板的保镖偶尔参加那种行动，这是因为我那与生俱来的敏感可以事先察觉那种异样的缘故。有时候，我们在夜色中的码头，或光天化日之下的火车站火拼。每当发生火拼后的次日凌晨，老板准把叛徒的棺材送到对方那里，有时事情的牺牲者会出在我们这一方。我身处的世界正是这样一个地方。

有一天，我、叔叔和另外五名成员一起到吴淞江码头执行任务，是接回发自香港的鸦片。此前，我们已经收到了可能会受到其他帮派干扰的消息。

"哦？干吗你去？不用守老板吗？"

看我参加这次行动，叔叔很吃惊。我以前在办公室里与叔叔照面时还好，现在叔侄俩一起办这种差有点尴尬。我只好没话找

40

话,问起堂弟堂妹的近况。叔叔家的老大比我小两岁,下面又连着生了五个孩子,最小的现在才两岁。叔叔刚开始还有些慌张,但逐渐找回了平静。

可是,我们到达码头的时候,并没有见到鸦片,于是我回头看叔叔。

"刚才我来不及跟你讲,自从昨天接到不好的情报后,我伴装玩船,把那批货装到了另外一只船上,反正货物需要转移到安全的地方,所以我们家人一起出来装到了那边的船上。"

放眼看去,婶婶和孩子们也坐在那边的船上。我马上明白了事情的真相,于是瞪大眼睛怒视叔叔,叔叔的脸色马上变成死灰色,用颤抖的低音辩解道:

"绪刚,我干完这一票就离开上海,孩子们在一天天长大,我不能再过这样的日子了……"

那边的船上,幼小的弟妹们晃来晃去地在玩耍。在关键时刻,我从来没有犹豫过,作为老板的保镖参加这种行动,也是因为这种性格使然。可是,眼睁睁地看着船上那天真烂漫的弟弟妹妹们,我怎么也狠不下心把刀插进叔叔的后背上。

正当我犹豫之际,同来的兄弟也看出事情不妙,示意我赶紧把叛徒干掉。看我背朝着他们不采取任何动作,一个大哥走了过来。

我应该站在哪一边?这是我平生唯一一次犹豫过的瞬间,生与死就在这一刹那间。我突然觉得后背一凉,随即一股热流从后背流下,帮会的其他人肯定以为我跟叔叔串通好转移了鸦片。

我逐渐在失去意识,在朦胧中看到那边船上的婶婶和弟妹们在焦急地呼喊,叔叔也在婶婶和儿女面前倒在了我的身边。

"我错了,不应该把你带下山来。"

"……"

我轻轻地握住了叔叔的手。

"要是那样,我们都能活着……"

随着他的话语,一切在结束。我又听到了从生我养我的山上吹来的风声,又变回了那只在山野上自由奔放的野兽。

老诗人重返上海

他早就想回去看看了，但他不知道身体能不能扛得住。万一路上身体出点毛病怎么办啊？那不是让孩子们焦心吗？

去年冬天，重感冒引发了肺炎，他艰难地恢复后，体能更是在一天天衰退，他今年已经九十四岁了，出门散步都很吃力，除了弟子们过来请他吃饭，要么坐在沙发上看电视，要么坐在客厅的阳台上透过落地窗看外面的风景。能做到这些，他已经很满足了。

去年得肺炎之前，他从小景仰的民族运动领导人安昌浩先生的女儿过来看他，与他一样已经步入耄耋之年的安昌浩先生的千金，把父亲当年用过的拐杖送给了他。送拐杖原是有故事的：很久以前，他在一则随笔中写到自己从学生时代起就仰慕安昌浩先生，还讲述了一段有关他拐杖的故事。没想到，先生的女儿过了

43

几十年后,居然拿着父亲的拐杖找到了自己。

为这件事牵线的人,是他和安昌浩先生的女儿都熟悉的一位女作家。当年,他在上海求学的时候,女作家的三外公是上海鼎鼎大名的影帝,说起来两个人还是同岁。在他十七岁的时候,因为仰慕民族活动家而到上海求学,而那位影帝也在独立运动活动家父亲去世后,十七岁就抱着演员梦来到上海,最终成了中国影帝。

因为这种缘分,女作家偶尔到他们家探望。前不久,她问他要不要去上海走一走?他从十七岁到二十七岁,在上海整整度过了十年的求学生涯。听到提议的那一刹那,他的脑海里闪过了当年上海滩的风韵,可再看看自己,已经是风烛残年的耄耋老人。

他遗憾地说,等身体好些的时候吧。他怀念法租界的绿荫覆盖的马路,怀念少时求学的上海!而那时自己的祖国还在遭受殖民统治,早失父母的他以为到了上海就有机会见到自己仰慕的民族英雄,于是选择了留学之路。

那时候,中秋之夜他无处可去,只能望着黄浦江里的月亮独自散步。当岁月拉回到数十年前,上海就与自己的青春紧紧地联系在一起。但是最近他连家门口都少出,他怕麻烦,更怕麻烦别人,只能自己在心里默默地思念,偷偷地怀念,终于第二年春天,平静的思念有些不可遏制,在梦里他都走在黄浦江畔,当作家再次提起来的时候,他没有再婉拒。

与他同行的还有他的医生儿子和提议旅行的作家一家。在很久没有坐过的飞机上,上海的一切钻出云彩,浮现在他的眼前。马上就要重逢了,老诗人很安详,迎着机舱玻璃上透过来的那丛阳光放松下来,安静地闭上眼睛小憩。等睁开眼睛,人已经在上海的土地上。

十七岁那年,是怎么去的上海?从首尔走到釜山,又从那里坐船,取道长崎、大连、天津和青岛,多次辗转,走了一个星期海路,终于来到上海。而今天,非常舒服地睡上一觉就到了。

七十七年前,他第一次来到上海,十年之后,他离开,就再也没有回去过。六十七年啊,这片土地的变化太大了!四月末的太阳轻快地普照着大地,路两边参天的绿树下面是川流不息的车流,年轻的他走过熟悉的法租界老街去上学,他虽然脸色苍白,可是抱着满腔的热血一直向前进。

留有当年痕迹的街头比以前漂亮了许多,在近百年的老洋房酒店卸下行装的时候,老诗人感觉刚刚发芽的新绿在热情地招呼自己。在幽静的老洋房里休息的时候,孝顺的儿子帮老诗人洗了头,诗人觉得自己浑身轻松,仿佛又回到了那个年代。

他闭上眼睛,绕过杨树浦花园向母校——战争后上的沪江大学——走去,往校园深处走,就出现了他每天都要去的老师家,师娘跟他打招呼后回身进了屋。

他刚进门,满屋都是烤酥饼的香味,厨房里已经坐着三个同学。啊!一阵不可思议的激动,他们也在这里,他们是什么时候回来的?还是每天都在这里聚?他有点兴奋得不知所措,只是呆呆地望着他们。

从里屋走出来的老师合上手中的书,叫他朗诵一首今天要一起欣赏的诗。老师的表情很平淡,就像他每天都来一样。他朗诵了华兹华斯的《水仙花》,大家都陶醉在他的节奏里。

下课后,有个容光焕发的健壮青年站在剧场门口向他挥手,高兴地示意已经买到了电影票。那个人是朱耀燮老师。他头一次上课那天,朱老师领着他到 YWCA 饭店吃了晚饭。每逢周末,他们又一起去看电影。那时候,他们非常喜欢那个叫葛洛丽亚·史璜森的女演员,每次看完电影回来,躺在床上还评论好久。

诗人突然睁开了眼睛。啊!我的同学、朱老师他们原来一直都在这里啊!

但第二天早上,儿子却告诉他,母校已经没了,原来的校址盖上了新的大楼。

第二天,他到原来的法租界走了一圈,至今挺立在那里的法国梧桐欢迎着他的到来,他走过去摸着梧桐就像老朋友在握手。在清凉的绿荫下面,他努力寻找善钟路的二层洋房,后来,他在自己的散文中这样写到当年的事情:

"我到上海去留学的目的就是为了去见他。曾经有两次机会,没让我的期待成为泡影:一次是我第一次看到金刚山的时候,又一次是第一次亲眼目睹岛山先生风采的那一刻。"

"1932 年 6 月,他被日警逮捕并遣送回国后,他亲手种下的夏日花全然不知主人的不幸,仍然在绽放。"

"我患病的时候,先生把我送进上海疗养院后,每天冒着冬晨的寒气来探病。可是我因为害怕日警的监视,连先生的葬礼也没有参加。这种所为简直比那个佯装不识耶稣的彼得还可耻。"

法租界善钟路岛山先生的二层洋房里,经常有二三十名学生聚在一起听他演讲,先生在那里培训着未来的国家栋梁。从那边的楼梯上,岛山先生笑容可掬地向我走来,那是我景仰的先生,先生用那宽广的胸怀拥抱了这个因为恐惧没有参加葬礼的不孝弟子。

下午参观了博物馆,那里面摆放着老上海街头的电车、汽车和黄包车。

"啊,这怎么可能,怎么可能啊……"

诗人的脸难过得快要哭出来似的。

老诗人坐在位于外滩老银行新装修的奢华西餐厅里,边吃边看黄浦江。六十七年再重逢,他也是喜归故里,有五个人随从一样的亲人跟在自己轮椅的后面,一出现台阶马上就把他抱起来。站在和平饭店门口等车的时候,善解人意的青年门卫给他搬出椅子,让他坐着等。他们一行想起来拍照留念,路过的游客们都投以微笑,给他们方便。

夜幕降临的时候,他想起了当年经常去的法租界的俄罗斯餐厅和剧场。有荤有素的俄罗斯罗宋汤是囊中羞涩的学生们的最爱,那时候朱老师经常请他去喝,喝完之后摸着滚圆肚子满足地哈哈大笑的一幕就像昨天一样,现在,那条街变得更加繁华了,夜同昼亮,很多人进出饭店和剧场。

诗人坐在门庭若市的酒吧门口,望着熙熙攘攘的人群。他活

了九十四年了,好像从来没有来过这么美好的地方。世界各地的人们神采飞扬地走过那条街。穿迷你裙的一个女孩儿露着雪白的大腿坐在对面的桌子上,往这边看着,而在她身后的橱窗里,唇彩广告中的性感女郎用呼唤的眼神望着这边。

"如果我今天晚上被剪刀压着呻吟的话,一定是那边的女人过来非礼我了。"大家都熙熙攘攘地吃着冰淇淋、喝啤酒,旁边桌上的人们也很快乐,推杯换盏间,笑话不断。

那人的声音磁性好听,人们都在会心地大笑。在上海,所有的一切激发了诗人的灵感。啊!人生就是这样!这样幸福,这样美好的!那天晚上,大家在街上玩到很晚。那是抛开对老诗人的年龄歧视,是所有的自由情感倾斜而出一起微笑的美好夜晚。

诗人故地重游,去了当年经常去的图书馆、中秋之夜独自散步过的公园和不知走了多少遍的桥,回忆着自己的过去,食宿在百年历史的老洋房里。

老诗人即将结束短暂的旅程,就要离开上海。

老天似乎诚心要留他,从一大早沉着脸,不一会儿就下起细雨来。载着他们的汽车疾驰在公路上的时候,雨点也越来越大了。

不要走,不要走,不要走啊!

闪电和雷鸣都在挽留他,雨点顿时变成了暴雨。烟雨中的树、远处的村落和更远处的山峦戴着雾气向他们奔了过来。怎么会有这种事情?在惊讶和激情中,他努力提起精神环顾着四周。

在上海,有孤身一人的十七岁少年初闯上海时怀抱的梦想、爱恋和憧憬,现在那些坎坷的日子变成当年的自己,劝老诗人不要离开。老诗人的眼里就像窗外的雨柱一样,热泪盈下。

伏尔加河船夫曲

暴风雨的一夜后,清晨的街头缩着膀子的人,稀稀落落,步履匆匆。干枯的杨树枝在北风的暴虐中格外凄凉,像街头乞讨的老人。窗外,处处在诉说着这个冬天的冰冷。

布尔什维克革命爆发的那个十月,也是从秋转冬的季节。那天晚上,我的朋友家也是我们村最富的一家,被革命党付之一炬,朋友撕肝裂肺的哭声、无助的眼神,至今还掩映在一片火海的背景中历历在目。那年我十三岁,"革命"给我留下了深刻的印象。

那天晚上,一向卑恭的乡亲们突然变得狰狞,一向趾高气昂的朋友的爸爸就那样在一阵被毒打后,死在了乡里乡亲手里。

世界变得人心惶惶,邻村也不断传来杀人放火、抢夺财物的消息。

爸爸沉着脸，一个人坐在书房里，不准任何人打扰。第三天，爸爸斩钉截铁地说：

"你们把行李收拾好，我们今天晚上就离开这里。"

我们家既不富裕，也没有像朋友家那样不得民心，但我们是世袭贵族，随时可能遭遇不测。几天的工夫，"革命"就像在受灾年只剩下瘪谷的莫斯科郊外的田野里燃烧出滚滚浓烟的熊熊野火。不仅是爸爸，连自愿成为野火到处撒播火种的人们也不知道它接下来的风向。

我们家虽然有世袭的地产，但真正要逃难的时候才知道，父母根本没有什么积蓄，贫穷和干瘪的行李对于即将逃难的我们无

异于雪上加霜,但话说回来,如果我们有金银财宝,早在打包之前就跟朋友家一样遭遇不测了。

收拾行李的时候,爸爸从衣柜里拿出光鲜夺目的礼服看了看后,扔到一边,说:

"绝对不能露出贵气。"

妈妈含着泪恋恋不舍地把爸爸的礼服放回了矮柜里。

我们穿上平时最珍惜的内衣和秋衣秋裤,却披上了最破烂的大衣,除了两个最小的孩子,其他人破烂的大衣里,妈妈都缝上祖传的首饰。然后,妈妈和我们女孩头上都包上深色旧围巾,爸爸和哥哥弟弟则把防寒帽换成农民的工作帽,连夜逃出了村子。

当时,有钱人背着装满金银财宝的大包袱,领着仆人逃到了欧洲,也有不少穷人一起逃到了欧洲。但是爸爸觉得随波逐流的话,可能更危险,于是选择了与他们相反的方向。我们先从莫斯科走到西伯利亚,再经过中国的哈尔滨、河南郑州和开封,最后坐船来到了上海。

迈出家门的那一刻就是逃难的开始,三个月的旅程算是给我们上的第一课。火车和蒸汽船里的人,多得只能站着、蜷坐着和蹲着,根本就躺不下,吃饭也不正常,更不用说营养,二十四个小时都是一样的浑浑噩噩,头疼,恶心和无力成了正常。空气都是绝望的,一眼望去,所有的人的脸上都是一样的没有生气。爸爸妈妈不停地用憧憬鼓励着我们,哥哥带头反过来安慰他们。但亲情改变不了我们的境遇,途中三岁的小弟弟因为肺炎丢了性命,而到了上海的我们,身上的首饰所剩无几了。

轮船虽然到了上海码头,可想下船并不容易。后来才知道,上海政府不想收留身无分文的俄罗斯人,上海租界更不愿意收留与难民无异的俄罗斯人,怕我们给白人丢脸。

这些理由延误了入港许可令的下达,人们在下船的时候已经到了疲惫的极点。我们就是在这个时候失去了小弟弟,爸爸老泪纵横地把小弟弟放在海里,妈妈用哀嚎声送走了弟弟。

终于得到入境许可后,筋疲力尽的我们一家六口人卖掉身上的全部首饰,租了两间只够遮风挡雨的昏暗的房子。不过,这比船里的生活幸福多了。

安家后,爸爸和哥哥出去找工作了。妈妈也找过工作,可是语言也不通,又得照顾家里的弟弟妹妹,我觉得自己该替妈妈赚钱贴补家用了。

"你别管这个,你得学习!"

"不要。我们要先吃饭。"

我的话成熟得不像一个小孩子。其实,身无分文、逃难过来的俄罗斯难民想上语言不通的学校,是件很奢侈的事情。妈妈劝我说,我还没到打工的年龄。

爸爸和哥哥每天都出去找工作。前两天每每无功而返的爸爸最后在霞飞路的一家咖啡店当上了乐师,多亏爸爸以前因为喜欢拉过小提琴,避难时也没有忘带。比这更心酸的是哥哥找到的工作,毕业后留校做体育助教的哥哥,受雇于一个英国富翁,成了一名保镖。我们一家六张嘴,靠爸爸和哥哥赚来的钱艰辛地过着,家里再也没有欢声笑语,只能听到妈妈用故意的欢快,挑动着整个屋子的冰冷。

后来,我才知道冰冷阴暗的不只是我们家,到上海落脚的大部分俄罗斯人都过着这样的生活。虽然被布尔什维克革命军赶到了这里,但享受过荣华富贵的王公贵族们,还幻想着维持贵族特权。

那些人当初就应该跟仆人们一起到欧洲去,但条件不允许逃到这里来,住在类似地窖的地方,还穿着挂满勋章的帝王时代的礼服,要求一起逃难来的人们给自己以将军或公爵的礼遇。也许,他们不是无法适应新环境,只是仅剩的自尊心在作祟。

不久之后,他们不得不为了一块面包,放下将军或公爵的面子,上街找工作。我还听说贵族小姐和伯爵夫人依门卖笑的传闻。

有几次在傍晚,因为去酒吧找爸爸,路过霞飞路的时候,看到很多潦倒的俄罗斯人挤在喧闹的俄罗斯餐厅和酒馆里,他们大口地灌着廉价的啤酒和伏特加,有的泪流满面,絮絮不断;有的用大声的玩笑话发泄着心中的抑郁,也有的喝着哭着,忍不住跑到马路上,可是我知道,清冷的现实一定不是他们想遭遇的,只有那首反复弹唱的、庄严而悲壮的《伏尔加河船夫曲》才会让他们得到短暂的逃避,只有那一家家俄罗斯餐厅和酒馆,才会让他们得到短暂的释放,第二天,他们又得上街硬着头皮乞讨。

比起他们,爸爸的工作很体面。我们来上海已经四年了,爸爸仍在那个酒吧当乐师。反而,哥哥让人头疼。因为走错了第一步,后来越陷越深,他现在成了一个葡萄牙毒贩子的保镖,脸上只有冷漠与无情,再也看不到以前的亲切与随意。

"哥……"

"干吗?"

"我很担心哥哥。"

"怎么了?"

"爸爸虽然嘴上不说,可也很担心哥哥呢。"

“那你希望我每天跑到霞飞路那个廉价酒家,跟那里的人们一起唱《伏尔加河船夫曲》吗?”

“我不是那个意思……”

“知道你不是那个意思。要是爸爸妈妈担心我,你就好好安慰他们,不要让他们担心我。”

哥哥的脸总是阴沉着。不过,多亏哥哥赚来的钱,生活比以前好了许多,我虽然辍了学,可弟弟妹妹可以上学了。

十七岁的时候,不顾父母亲的反对,我在爸爸工作的酒吧找到了工作,成了爸爸旁边吹长笛的乐师兼端茶倒水的服务员。因为我执意要找工作,爸爸又不放心我去其他地方,而且这个酒吧里有很多跟我年龄相仿的俄罗斯女孩,所以我顺利地成了那里的服务员。

“雷娜,好久不见了。这段时间你是怎么过的? 怎么没有一点音讯呢?”

上次来找爸爸的时候雷娜还没在这里工作,现在比我先到这里干起了服务员。从俄罗斯一起逃出来的老乡雷娜避而不答,只是冲我笑了笑,就去忙了。看起来,她的穿着比那里的其他俄罗斯女孩更高贵、更耀眼,但是,当我又找机会问她近况的时候,她还是没有谈自己的事情。

“你妈妈过得好吗?”

“你妈妈有你和你爸爸赚钱,也许过得还不错,但我妈妈不一样。所以请你以后别再问这种问题,不,不要问任何关于我的问题。”

她的话弄得我非常尴尬。但事实是,我也不愿意跟别人说自己在霞飞路一家酒吧当长笛乐手兼服务员。对我们俄罗斯人来说,这是无可奈何的事情。即使大概猜到对方在干什么工作,也装作不知道。

酒吧里,既有外国客人也有中国客人,他们都很喜欢跟我们搭话。我在老家学过法语,能跟法国客人说上两句,人气就很高。我到上海也好几年了,能说一口流利的中国话,有的中国人为了显摆,故意用法语大声跟我说话。有时候,他们还会说一些我们不愿听的话。

"前两天晚上,我的一个朋友去国泰酒店,酒店服务生问他要不要白人小姐? 不一会儿,果然出现了一个白人女子,你猜她是谁? 是在这儿工作过的雷娜。"

我震惊了,虽然这种消息很多,但是发生在我的朋友身上还是不能接受。嘈杂的人群似乎离我远去,只有两张脸交替着立在我的面前,一面是俄罗斯的雷娜,纯真得像个野丫头,经常担当大家的开心果;一面是在上海重逢时的雷娜,满眼的决绝,话语里的孤注一掷。不过几年的时间,却可以让一个人彻头彻尾地陌生起来。这很意外,却也没什么不可思议,俄罗斯贵族夫人和小姐们为了糊口依门卖笑,已经是上海租界司空见惯的事了。

在这郁闷的日子里,我们迎来了圣诞节。我们家虽不宽裕,但也计划参加俄罗斯人在大华酒店举办的侨民聚会。

"哎呀,您好啊! 几年没见都好吧?"

"是啊,托您的福还可以。"

"我们过得也很辛苦,为了跟大家见面叙旧才过来的。"

酒过三巡,一位妇女悄悄跟妈妈说。

"听说,老实巴交的马克西姆公爵当扒手被抓了起来,被放出来后整天以酒为伴啊。"

"哎,怪不得好久没有见着他呢。"

在侨民晚会中,我见到了很多跟我们处境相同的人。我们穿着久违的俄罗斯传统服装,在大华酒店管弦乐团演奏的俄罗斯音乐的伴奏下跳起了舞。那天晚上,我和爸爸也上台演奏了《伏尔加河船夫曲》。我们过了一次难得的像样的圣诞夜,可是想起那些不幸的朋友们,心里又凄凉了。

春天过去了,夏天也走了,秋天终于来了,生活还是像破衣那样七零八落。有一天,发生了那令人绝望的事件。那天,妈妈跑到酒吧里,把噩耗告诉了爸爸和我——哥哥在帮派间的地盘争斗中大腿挨了一枪。

雇用哥哥的葡萄牙人怕事情闹大了败露了贩毒的事,根本不理睬受伤的哥哥。爸爸到他的办公室求情的时候,其他保镖们把他堵在了门口。

"我是为了我儿子的事情来的。"

"你儿子跟我们没有关系。"

"因为你们老板,我儿子挨了枪子儿,现在奄奄一息躺在医院里!"

"这我们可管不着,我们根本不认识你儿子!"

他们不由分说就把爸爸推了出来,我们也没有地方可以讨回公道。爸爸和妈妈到处去借钱,可每次都空手而归。爸爸向酒吧老板求情,预支我和爸爸的三个月薪水,这样才勉强筹到了哥哥的手术费,这全亏爸爸在这里老老实实工作,也有不少人来给我捧场的缘故。

家里的生活又开始走下坡路。虽然我和爸爸继续上班,可工资已经预支了,出院的哥哥再也无法工作,成了一个瘸子,而且他的伤口在溃烂,家里总是弥漫着他间歇性的悲鸣和呻吟,我们却没有办法筹到钱去买药,如果继续下去,不仅保不住那条腿,严重

57

了连命都难说。

"阿辽娜,你救救我吧,你来救我……"

哥哥哭喊着我的名字,把我的手攥得生疼,我想说安慰的话,可是眼眶里打转的泪珠滚到他的额头上,哥哥稍微安静了些。我最终没有告诉哥哥,我看到重新捡起女红的妈妈经常偷偷地捶打着胸膛,不知道是不是心脏病又加重了;我能听到弟弟妹妹肚子的咕咕叫声,他们已经喝了好多天的清汤寡水了,为了救他,全家人都在从牙缝里挤每一分钱。爸爸老得很快,在酒吧里拉小提琴的肩膀凹陷得更厉害,他真是扛不起这个重担,力不从心了。爸爸和妈妈除了工作时间,每天都魂不守舍地穿梭在俄罗斯人圈里借钱。

"阿辽娜,我太痛苦了,你帮哥哥最后一个忙,杀了我吧。"

哥哥平静的绝望,竟然让我涌起一股冷酷的冲动,但我立刻看清了自己的残酷,打了一个冷战我醒过来,我为什么会有这种恶毒的想法,为什么会对疼我爱我的哥哥涌现这种念头。我冲出了家门。

跑过一个街区,心绪渐渐平静,我对自己说,一定要帮助我的哥哥!耳边传来熟悉的乐声,我驻下脚来望了望对面。那里,一个老人正在窝着肩膀拉小提琴,褐色帽沿压得很低,但我还是看到那张没有表情的脸,单薄的衣衫在冬天里瑟缩着,那不是别人,就是我亲爱的爸爸。

啊,爸爸! 贵族血统、曾经锦衣玉食的爸爸,要靠街头卖艺养家糊口了。他的心头又会怎样的酸涩啊,坚强的爸爸不露声色、木然地却也是坚定地把冻僵的手放在小提琴上,一遍遍演奏着沉重而悲壮的《伏尔加河船夫曲》。偶尔会有路人扔一个铜板到地上的那顶破帽子里,但大多数人都是漠然地匆匆而过,看都不看一眼。

　　我不忍心跟妈妈提起这件事。但妈妈也许已经知道了,她比谁都清楚除了酒吧,爸爸没有赚钱的地方。那天晚上,躺在被窝里我看着天花板哭了一宿,早晨起来下唇都是紫的。

　　当初哥哥为了我们身先士卒,现在该我站出来了。

　　我想起了雷娜。不久前我还在心里埋怨她不够坚强,从小太平顺,碰上点坎坷就不思进取地堕落,我苦笑着哭了。雷娜,你也可以偷偷地怪我了,我马上就要步你后尘,出卖灵肉了。五十步笑百步不是更可笑么? 不过,可笑么? 我们都是可怜之人罢了。谁又比谁更可怜? 大名鼎鼎的马克西姆公爵不也被逼成了扒手吗?

　　曾经有过不少对我感兴趣的客人,有的人请我喝茶时动手动脚,也有邀请我去看话剧的满脸青春痘的大学生,有一个外国公司的独身男人还曾多次问我下班后有没有空,甚至有一个西班牙人当着爸爸的面,叫我在休息天到他家里玩;有个中年日本人在我倒茶时趁机摸我的手,更有一个无赖隔着外衣碰过我的胸部,露骨地问给多少钱能陪他睡。

　　每当那个时候,我就满腹委屈,恨不能当众揭露他们的下流,以泄羞辱之恨。我在俄罗斯长到十三岁,虽然说不上富裕,但我们家是世袭贵族。爸爸和妈妈也以他们所受过的贵族教育来教育我。

　　但今天将是一个分水岭,我将冷眼旁观昨天的那些羞涩和腼腆,戴上一副需要的面具,抛开自尊向他们伸手了。如果是他们先伸手,我更得像癞皮狗一样黏住不放,呵呵,自尊? 我有自尊,爸爸就没有;我有自尊,我就没哥哥了。但是,那是曾经让我恶心、誓死不从的事情,今天却成了我的心甘情愿,冰冷如冬天的铁

59

疙瘩般现实离我越来越近了。

　　酒吧里的服务员中,已经有几个人跟客人有了私人交易。从俄罗斯一起来的另一个朋友安娜斯塔西亚跟一个有钱的英国人同居了,现在过得比在故乡时还滋润,每天锦衣玉食,还花枝招展地出入霞飞路的各个豪华商店。

　　想着哥哥那溃烂的大腿和被痛苦扭曲的脸,我用颤抖的手抚摸自己的头发。幸亏爸爸现在不在酒吧里。我调整好领口,让乳沟显得更加诱人,在门口仔细打量在座的客人们。

　　我跟他们中的哪一个人睡的话,能救活哥哥呢?能赚多少钱呢?我还有脸活下去么?以后我还能结婚吗?爸爸妈妈知道了,是不是没脸见人了?我又该怎样面对我的弟弟妹妹啊?我要找一个富翁,跟他要很多钱,足够给哥哥治病,然后我就去死?

　　即使我守身如玉,白人和东方人也瞧不起我们俄罗斯人。他

们时而同情我们,时而冷嘲热讽,从挖苦中享受优越感。每当那个时候,我只能靠着对鄙夷的不屑劝说自己坚强下去,可我的忍辱负重也达到了极限。

我画着眉毛,祈祷着老天让我看起来更加性感,握住眉笔的手在脸前轻轻颤抖,我说,从今天起,我再也不哭。

再见,我的爱!

呜——

长长的汽笛声中,轮船缓缓驶离了海岸,荡开的波浪层层叠叠,像码头上送行人的笑脸,熙熙攘攘的。看着那一张张陌生而丰富的脸,恍如隔世。

谭伟立!

你在哪里?

我知道,他不可能出来送我,两年前他早就和我永别了。可是,我一直在期待着奇迹的出现,希冀着某一天我们会不期而遇,相视一笑,然后拥入爱河;就在轮船离港的那一瞬,我还期待着他出现的那一幕,幻想着他站在码头的一个角落向我挥手的样子,我向那里寻找我和他的脸,我的爱情。

可是,呜——

汽笛再次告诫着离别的到来。

我第一次明白,离港和入港的汽笛声竟会如此不同。

十一年前,当我乘坐的轮船在上海码头靠岸的时候,各色美女的优雅和绚丽,热闹的港口和街道,五彩缤纷的上海滩让我的每一根神经都热情高涨,我终于体验到了以前只有在亚洲探险故事和森林遇险记中才能体会到的兴奋与激动,来到了梦寐以求的崭新天地。虽然它有些姗姗来迟,但三十岁也不是太老。

从我记事起,爸爸妈妈就在曼彻斯特经营着裁缝铺,虽然算不上富裕,但日子还是很幸福的。但是,高中的时候,勤劳的爸爸突然离开了我们。

心不在焉地读完高中,我就彻底地离开学校,成了妈妈的帮手,但生活给我的考验似乎刚刚开始。不久,早就患有慢性肠胃病的妈妈,积劳成疾再加上对爸爸的思念,终于卧床不起,经营裁缝铺的担子一下子落在了我的肩上。看着床上的妈妈和照片里的爸爸,我知道只能咬住牙根干下去,好在爸爸以前打下的名气还不错,我带着四名员工维持着裁缝店。

有一天,一个从上海衣锦还乡的男士来店里做结婚礼服,我听到他的朋友说:

"你多好啊,我真后悔当初没有去上海。这两年,我一点变化都没有。"

"只要你愿意,现在也不迟啊!"

"我行吗?"

"上海是个大千世界,跟你坐在家里想象的完全不一样。你要真想去,我一定尽力帮你。"

准新郎那春风满面的脸上,仿佛浮现出了一个梦想与机遇的上海。

　　裁缝店里经常会听到人们有一搭没一搭地说起上海，上海成了人们的话题之一，不知道的人，似乎有那么一点点的孤陋寡闻，有一次，我还看到了"在上海白手起家，衣锦还乡的年轻人"的报道。久而久之，"上海"成了我脑海中的一个天堂，一个穷人暴富、遍地机会、五光十色、色彩斑斓的天堂，我也会憧憬，要是哪天能去看看就好了。

　　久病卧床的妈妈在我变成大龄姑娘后，还是离开了人世。妈妈卧病期间，我不是不能谈恋爱，但是一个姑娘家要领着四名工人让裁缝店保持爸爸健在时的景气，真不是件轻松的事情。我白天管理铺子，晚上忙护理，每天都累得半死才睡觉。要是高中同学不到店里玩，我连去找她们的时间都没有。后来，连我自己都怀疑，在曼彻斯特，除了店里的顾客，还有没有认识的人。

　　妈妈去世以后，我才发现爸爸妈妈对我来说有多么重要，每天都沉浸在回忆里，不知道该怎么继续下去，伙计们看我总是消沉，心也有些散了。但是一天早上醒来，我突然就钻出了牛角尖，有个声音对我说，爸爸妈妈是真的走了，而我还要生活下去；既然生活就要快乐一些，而现在我可以做自己喜欢的事情。这时候，一直隐形在我脑子里的"上海"就蹦了出来，于是，我当机立断到上海去。

　　葬完妈妈后，我毫不犹豫地把房子和裁缝店卖掉了，我想到上海开始一种完全有别于英国的生活。

　　"啊，这样啊。小姐是一个人去上海生活啊？"

　　从伦敦到上海的蒸汽船上结识的伯克利夫人关切地问我。

　　"上海的生活很有意思，有很多兴趣俱乐部，如果经济上允许，还可以雇很多佣人，花很少的费用，就能过上王妃般的生活。

在上海的外国人社会里,我们英国人受到的礼遇是最高的。到那里,我会给您介绍很多朋友的,不过说实话,上海有那么多英国人,也没见过像您这样一个姑娘家自己来的。"

尽管听到过那么多的赞美之词,亲眼目睹的上海还是让我惊喜不断。从大马路到后街弄堂,上海滩的每个角落都会出现来自世界各地风情各异的人们,这个城市的多姿多彩,根本是我生活了三十年的曼彻斯特无法比拟的。

在伯克利夫人的帮助下,到上海后十天,我就顺利地租下了一套普通住宅,后来又在夫人的引荐下,参加了业余话剧俱乐部。从高中到爸爸去世之前,我一直是学校话剧团的积极分子。

在那个俱乐部,我结交了很多朋友。有了他们的轮番招待,我逐渐融入到了上海的快乐生活中。

大概半年后,我觉得自己已经足够了解这个国际都市,习惯了勤劳的我就按捺不住,在南京路开了家裁缝店。生意上,我没有利用在俱乐部打下的人脉,但通过俱乐部的朋友认识了更多的人,这给我的生意带来了不少帮助。

在上海,我还享受了很多从未有过的生活。比如赛马场,在英国时因为忙着照看裁缝店,压根没有想过去那种奢侈的地方,还有富翁们在别墅举办的派对,绿草茵茵,清风徐徐,放眼过去,只有绅士和美女,观赏着投入的现场表演,领略着纽约与巴黎的最新时尚音乐,这一切的一切,犹如小说中的场景,让我时而陶醉时而怀疑。如果我还在曼彻斯特,这是想都不敢想的生活。

伯克利夫人说在上海至少有两百多个兴趣俱乐部,水平也是国际一流的。公共租界和法租界简直就是西方国家的缩小版,英国和法兰西的城市精华都复制过来了。

周末,我们业余话剧团的朋友们会一起坐游船到运河上兜

65

风,晚上则去看电影。有时候我会想,是不是生活在补偿我曾经的辛劳和付出？这种问题没有准确答案,但事实是,我已经习惯了这里的生活,又真正地爱上了上海的一切。

一个初夏之夜,我受邀参加了话剧团朋友巴菲特·斯威尔公司副总裁家的晚宴。在那里,我认识了一位中国人。他用英语自我介绍说,是那家公司的中方合伙人,年轻时曾经到美国留学五年。

那天,他风趣地介绍了上海,简单的几句话就勾画出了上海的前世今生,让在座的嘉宾颔首称道。他温文尔雅、洒脱自然,似乎满腹经纶却又谦虚平和,是那天晚上名副其实的焦点。

在芍药与玫瑰花的迷人香气里,宾客们尽情地享受着美味的中餐。也许是这种醉人氛围使然,我仿佛踩着袅袅雾气进入了梦境,时而觉得自己来到了一个幽密花园,时而又觉得自己正在舞台上表演话剧。草虫的叫声越来越紧亮的时候,人们才恋恋不舍地起身回家。

那天以后,我偶尔会在朋友的派对中遇见他。在众多外国人中,只要出现那个光洁美丽的额头、黑而浓密的眉毛以及安静而和蔼的东方面庞,我就感觉全身浸入了温暖的水中央。

每次遇到他,都会被他那又轻又软浪花一样的磁性声音俘虏,浑然不觉地沉浸在他的音容笑貌里,神不守舍,如腾云驾雾般不知所以。就这样,我平生第一次坠入了情网。

他让我沉迷,但清醒的时候我也不知所措。首先,我不知道世俗的眼光会怎么看待我与东方人的相爱；其次,他是有妻儿的有妇之夫。

一次聚会中,他讲完一个关于中国的信用典故后匆匆瞥了我一眼,然后继续说道：

"东方有'心心相印'的说法,别小看这四个字,它意味深长。意思是说,彼此的心意不用说出,也可以互相了解。"

看似不经意的一句话,却让我心里的石头落了地,因为有的时候,我会觉得他也是喜欢我的,但有的时候也会怀疑,爱情是不是只是我的单相思。

我们虽然相爱,但我们却连"你爱不爱我"、"我已经爱上你了"这样的情话都不敢说出来。想与他相见,我只能在派对中;想与他交流,也只能是公开而公式化的言语。我们既不能有私人的交情,也不能离开人群去幽会。

派对上大都有舞会,可我从来没见过他跳舞。每当那时,他不是静静地坐着欣赏别人,就是像平常一样跟周围的人轻轻交谈。

"谭伟立先生不喜欢跳舞吗?"

当着众人的面,我想跟他搭讪。

但话音刚落,吃惊的不是他,而是参加派对的其他人。他们用嗔怪的表情看着我,好像在责备我为什么要问这个问题,让人家尴尬。因为,谭伟立可以因为生意在派对里喝酒、聊天,但绝不能与洋女人拉手跳舞,因为他是东方人。

"要是哪位淑女跟我跳舞,脚会肿掉的。"

"哦?"

"以前我留学的时候,只顾学习,没学跳舞,所以每次跳舞都会踩到对方。"

他赶紧笑着为我圆场。我虽然心疼,但在世俗面前也无可奈何。租界的一个公园里,居然立有"华人与狗不得入内"的牌子,比起那种侮辱人的措辞,他能参加白人的派对本身就是一种特别礼遇了。

这个世界绝对不容许我们在公共场合表露彼此的爱慕。这种情况不仅存在于上海的外国人社会,回到了欧美国家也是一样的。这一点我们都非常清楚。

在一次派对中,大家七嘴八舌地谈到了纺织、纤维和服装。在人们各抒己见的时候,他说:

"我现在穿的西服都是几年前留学美国时做的。时间长了,也该添几套新的了,可始终没有找到合适的服装店。"

东道主夫人顺着话就把我推出来了。

"对上海如数家珍的人怎么连这个都不知道啊?"

自然而然,其他宾客们也向他推荐我的铺子。我知道他是想去我的店里看看,在我和他之间,任何私事要走公开程序,得到旁人的默许后,才不显得奇怪。

"您随时都可以过来。"

"一天天拖下去,就得老穿旧衣服。既然说到这儿了,咱们就定个时间吧,下周二怎么样?"

"我天天守着铺子,您可以随时过来。"

我像对待普通朋友那样对他热情而又客气。为了不让人察觉,他的表情跟平常一样平淡,也没敢过来看我的眼睛。

我至死也忘不了他第一次到访时的情景。我的铺子里共有四名裁缝师傅,一位是从香港请来的英国人,作为负责人,他带着三位手艺很好的中国浙江人。

他来之前,我就向师傅们通告了此事。不是因为中国人到我们铺子来做衣服少见,而是为了事先跟他们挑明,客人是我谈得来的朋友。就像做贼心虚一样,担心别人猜疑,总是想别人关心之前把事情的来龙去脉说清楚。

没多久,他就来了。寒暄几句后,裁剪师说给他量尺寸。他脱下身上的西服挂在衣架上,只穿衬衫站在裁剪师前张开双臂。

裁剪师用米尺围住了他的胸部,然后放出一定的量,报出了一个数目。

胸围、肩宽、颈长、从肩到腋下的长度、从肩部到半臀的长度、臂长、腰围、臀围、裆长,还有腿长……

我紧张地记着裁剪师念出的一个个数据,眼看着裁剪师就要拿着米尺转身而出:

"以前在派对里看的时候,尺寸好像比现在要大,我再量一下吧。"

这句话是自己从嘴里蹦出来的。其实,我从没想过他的实际尺寸要比裁剪师量的要大。不管什么场合,他总穿着笔挺的西装,感觉很挺拔健美,我却从来没有想过具体尺寸,始终惦记的是他曾经在众人面前教过的心心相印的感觉而已。

我用颤抖的手接下裁剪师递来的尺子,站在高大的他面前,用几乎环抱的姿势把尺子围在了他的胸上。我的头碰到了他的下巴,脸蓦地就红了,手颤抖得更明显,尺子差点就掉在地上。他的气息像轻风一样萦绕在我的头顶,可我紧张得什么也感觉不到。

"三十八。"

我好不容易量报出了这个尺寸。

"跟刚才量过的一样。"

正准备抄尺寸的裁剪师说道。即便没有他的这句话,我也无法继续量了,不能用颤抖的手触碰他的后背、肩膀,更不能为了量腰围走近他。

"身材比看着要苗条啊。"

我匆匆丢下那一句,赶紧把尺子还给了裁剪师。

五天之后,为了看看新衣服是否合身,我再次碰到了他的身体。给老鹰展翅般张开双臂的他穿衣服时,我突然想起了罗马武士的恋人。

新缝的衣服还没上里子,比成品轻很多,但它还不成型,像古代的盔甲一样,借别人之手才能穿上。如果武士战死沙场,出征前为他穿盔甲就是最后的离别仪式。我给他穿上用针线粗缝的开衫后,仔细确认领口是否开大了,肩部是否板正,长度是否适当,袖口的位置是否准确,动胳膊是否方便,衣摆是否走形,整体上有没有褶皱或不平。我像手捧着得之不易的心仪之物,小心翼翼地抚平每一个小小的褶皱,不知不觉中已经热泪盈眶了。

一个星期以后,他过来取衣服,是不同色彩的三套西服和五件衬衫。给他穿上开衫,用手抚平肩背,徒劳地为新衣弹去灰尘的时候,我的眼角又湿润了,他也没敢看我的眼睛。

从那以后,他再也没有在聚会里露过脸,别人不先提及他,我也不敢公开打听。这人到底去了哪里? 整天呆在店里,我却总是心神不宁。

两个月后,我收到了一个小包裹。

"摩雷小姐,您优雅端庄,美丽温柔又聪明。可我不能随心所欲地去爱您,因为我们之间的爱可能会伤害到您,但您会总在我的心里。希望您美丽永驻,笑口常开。"

包裹里面还有一盒巧克力。

无语泪两行。

我告诉自己要坚强,可是总是委屈,哭着哭着就睡着了。在梦里,我又甜蜜地仰望着那张俊美、刚毅而又满是正气的脸。

那年冬天,繁华喧闹的上海突然变得空洞、冰凉而又死气沉沉,连南京路上的霓虹灯都没有生气,像是被迫拉出来应景的热闹,孤独透过皮肤,渗入骨髓,我总是告诉自己明天开始快活起来,可是明日复明日,第二天一睁眼,我又陷入到昨天的痛苦中。周围的冰冻空气让我无法呼吸,随处掏空我的心。连周围的事物,哪怕是房间里的空气、路边的树木和天上飞过的小鸟都把我往死里赶。有时,我在夜色中的街头漫无目标地闲逛,抬起头来看一眼月亮,它苍白得像死在了那里。

几个月以后,春天赶走了地狱般的冬天。

我振作起来,把服装店搬到了霞飞路,立志把它发展为上海最好的西服店。为了做出最高档的西装,我去了趟伦敦,购买了英国最著名的服装杂志,高价将英国最有名的裁剪师聘请到了上海。

我要忘掉谭伟立,把那段经历彻底地从我脑海里抹掉!我不分白昼黑夜地拼命工作,连一周固定一次的俱乐部也忘得一干

二净。

"那个店里应有尽有。"

"而且,从衬衫到领带,从袖扣到礼帽,只要是跟西装有关的,都是世界一流的。"

我们店的口碑越来越好,品牌越做越强,成了上海滩西装最高档次的代名词,不仅是驻沪外国人,很多时髦的明星和华人事业家们都成了常客。

经过几年,我的店铺完全进入了良性循环,发展成上海滩家喻户晓的西装店,我又开始利用周末去参加各种聚会,我想,大概这就是生活了,工作,然后休息。

那段期间,我的周围也不是没有异性。在各种聚会中或者通过朋友介绍,也有几个男人与我擦肩而过。为了忘掉谭伟立,我要求自己尽量去包容对方,但有的渐渐熟悉之后,就对我那日益壮大、成为上海一景的店铺表示关心;有的为了显示自己的特权,夸耀手中的赛马场会员券和位于南京路西侧的住宅,然后问我的年收入有多少。每当那个时候,我都苦笑着想起谭伟立。与他分手已经五年了,可我依然能够听到他儒雅的谈吐。

那个时候,有一位彬彬有礼的英国绅士闯进了我的生活,贵族血统,无忧无虑的生活给了他特有的高贵,同时他并不浅薄,心地善良、乐善好施,但是,不知为什么,他的一丝不苟没有打动我的心。

再后来,热心的朋友又给我介绍了一位男士。他豁达率直,风流倜傥,很会献殷勤,而且有些不羁。可能他坚信风流也是一种魅力,对女人的要求也不会藏着掖着,直率、心无城府就是他的风格。

但是,在我即将步入不惑之年的辞旧迎新晚会上,我宿命般地重逢了谭伟立。熙来攘往的人群中见到他的那一刻,我怔住了,抛掉任何的掩饰,我一动不动地盯着他,看着他,忘掉了自己。这段时间对他的惦念、怨恨和不能向他人倾诉的爱,一起燃烧着我的身体,汇成眼泪模糊了我的视线。

新年钟声敲响的时候,我无法控制自己的情绪,跑出了屋外。胸中积淀了几年的抑郁堵在了我的嗓子眼,在冰凉的空气中,我张大嘴用力吐着那股热流,失声痛哭起来。

有人从背后抱住我颤抖的肩膀,温暖而又坚强。

是谭伟立。

"你去哪儿了?"

我哽咽着问他。

经历过揪心的离别相思之苦,我根本就不在乎别人的眼光了。

"去了北京。"

"你那么狠心地丢下我?"

"是的,是把你丢下了,可当时我只能那么做。不过,我不是你说的那样,累年经月,渡过了许许多多的山河,你还是在我心底。"

我们在外面互诉衷肠、忘情叙旧的时候,喧闹的人群也悄悄地从我们身边溜开了,也许我们彼此压抑着的爱慕之情本来就是公开的秘密,我觉得自己苦尽甘来了。

两年后,他就死了。第一次是离别,这次却是永别。"一·二八事变"爆发时,日军的炮火害死了无数无辜的人,他就是其一。我感觉,人生被撕开了一个大大的缺口,就像破镜难圆,永远不能弥合。

不久,我就变卖了西装店,登上了返回英国的轮船。

现在,我失去了爱情。

上海的华丽和灿烂也比不上他给我的爱情。

我的任何成功都比不上他给予我的那段幸福。

任何一个英国人的绅士风度都比不上他给我的感觉更令人心动。

谭伟立。

我爱过的男人,我像迷恋上海一样爱过他。

呜——

轮船离开码头,长长地留下了最后的汽笛声。

妈 妈 的 胸 针

搬家前,我仔细地整理妈妈的遗物。

妈妈是 1990 年秋天去世的,她的遗物箱里装着她的照片、与朋友往来的信件、几件首饰,还有她的论文和几篇散文的剪报。

那天,给妈妈整理遗物时,我看到了她在 1985 年写的一篇怀念中国的散文,散文刊登在曾经多次发表过妈妈论文的学术杂志上,题目为《我思念的祖国——中国》。

有一天,突然听说学校正在寻找中文翻译,我很诧异。从 1946 年我们家从上海移民到这里来,这还是第一次。

1971 年,美国乒乓球队访问北京;第二年,尼克松总统访华;随后,中美两国恢复了邦交关系。对我来说,这都是重大事件。国共内战和朝鲜战争以后,我生活的国家美国和我的祖国中国终于重新牵手成了朋友。

十多年连续的战争,是我们家离开上海的主要原因,我们漂洋过海,在旧金山定居了。按照父亲的安排,我从宋美龄的母校威斯里女子学院毕业后,考入耶鲁大学攻读博士学位,然后留校在药学研究所工作,我每天的任务就是研究新的医药产品。

1980年的那一天,中国科学家访问了我们学校。听到这个消息的时候,我发呆了好一阵子,那些年在祖国生活的场景像走马灯一样闪过我的脑海,无忧无虑的童年,青涩的中学时代,我的老师同学、邻居家的小姐姐,那家街头拐角的小铺子,南京路的百货商店……

"请问各位是从哪里来的?"

他们都是从祖国各地选拔来的科学家,有上海的、北京的,还有四川的。我虽然生在上海,但抗战时期曾经到四川避难,与他们虽然是第一次见面,可谈到这些地方的变化,立刻像多年老友一样话题不断。

"您知道电影演员金焰吗?"

"知道啊,中国人都知道他。您在美国,也知道他?"

在我怀春的少女时代,他是我的偶像。他的每场电影我都会最早去看,那时候,是我最激动紧张的时候,就像要跟他见面一样;我也绞尽脑汁地收集过他的照片,房间里大的、小的,正的、斜的,挂的都是他的照片。

那时候,我和同学一起坐电车去淮海路电影院看完电影后买冰棒吃的情形,以及接连几天满脑子都是他的沉重心思的样子浮现在眼前。但是,一会思绪又蹦到战争的惨烈场面,变成废墟的楼房和北火车站,过外白渡桥涌进租界里的成千上万的难民,瞬间躺在枪炮声中的尸体,对于当年年幼的我来说,这就是上海。

因了那些永远不想碰到的痛苦回忆,在美国朋友面前我基本上不提祖国,但中国学者的突然到来打开了我多年紧闭的情感闸门,思念之情像决堤的河水一样滚滚而来。

好消息又来了,美籍华人可以回到祖国探亲访友。1982年,我和先生就迫不及待地回去了。我忐忑不安地推开印象中的好朋友梅梅的院门,屋门口的那颗银杏树还立在那里,连屋门上被我们俩涂鸦上的痕迹都在,啊,那些日子如流水般汩汩而出,闭上眼,我又回到了那些女孩儿的快乐生活,我们俩形影不离,从这里到弄堂另一头的我们家,一天折腾十多次。

沉浸在回忆里,我没有敲门,我想看看屋子里的一切是不是如旧。奇迹般的,我看到了她——梅梅!

"梅梅?!"她的嘴角下方有颗漂亮的美人痣,多年以后,从那个活泼可爱的丫头变成了风韵犹存的母亲,我还是一眼认出了她!她拧着眉头看我,似乎在努力地想,过了好一会,她突然扑到我的怀里,哭泣声清脆地响起。"秀珍!!你是秀珍?!你怎么才回来啊?"

像小时候一样,我们给对方擦掉了眼泪,岁月从两个近五十岁的女人那里滑到了三十年前。

"那个长得漂亮,又会拉小提琴的美兰,现在还在上海吗?"

"唉,'文化大革命'的时候,美兰藏着小提琴的事情被红卫兵发现后,就被打成了浸洋水的反动派,就那样被押走了,听说是被发到了东北,但从此没有再回来。"

说到这里,泪水又情不自禁地流下来,聪明漂亮的美兰坐在阳光下,沉浸在音乐声中的陶醉似乎又出现了,命运坎坷,美兰现在在哪里呢?一定要好好照顾自己啊。

我和梅梅都不想让久别重逢这么痛苦,把对方的手攥在手心,轻轻地拍一拍,看看对方的眼睛,岁月就是这样不着痕迹,几十年的光阴弹指一挥间啊。

"真没想到你会来。过日子没有不坎坷的,我们俩能坐下来想想那些日子,就特别知足。这个胸针不是什么值钱的玩意,但是我妈妈留给我的,也算是咱们老上海的一点念想,是我的一点心意,你可别嫌弃它。"

分手的时候,梅梅用颤抖的手郑重地取下胸前的胸针交给我。我想,她一定戴了好多年了,这是让她最柔情也是最坚强地面对生活的一个提示,妈妈的遗物会让她怀着爱来面对这个世界,老上海的东西会让她参透岁月的意义,坦然开怀地面对一切。现在她送给了我。

回到美国,每逢特殊的日子,我都会郑重地戴上那个胸针。一个人的时候,我也会把它轻轻地握在手中,梅梅、上海的一切又都会若隐若现。它只是梅梅对我的一片情谊,也是上海留给我全部的惦念。

原来如此,怪不得妈妈把它当成珍宝,每次戴完之后都会小心翼翼地放回锦盒。现在,我从妈妈的遗物箱里再次把那枚胸针拿出来端详。也许是因为经历的时间太长,也许是妈妈老放在手里把玩,金色胸针已经掉色了,有点斑驳。

看着妈妈的照片,仔细端详着胸针。那里好像映着很久以前妈妈在上海度过的孩提时代,映着妈妈梦见过的像绿色烛光一样朦胧的上海往事。妈妈当年听过的知了的鸣叫声,穿过树梢照耀过捉迷藏的妈妈的夏日月色,充满了我的心。

上 海 之 花

　　傍晚的时候,天气凉下来,吵闹的孩子们也被叫回家了,街上就少有的幽静。太阳终于抹过了地平线,不知道谁拉亮了上海滩的第一盏灯,霎时,整个上海变得灯火辉煌,比白天还要生气勃勃。这个城市里,既有屋檐下挂满密密麻麻红灯笼的夜总会,也有像我这样,在昏暗的弄堂里挂起罩着红布的油灯招揽顾客的地方。

　　昨天,福州路的一个妓院里又发生了一起命案。听说案犯是二十四岁的年轻男子,还算是名门子弟。他杀死妓女后,自杀的时候被捕了。有两个人告诉我同样的事情,说这不是谋杀,而是殉情。什么样的爱能叫人选择同归于尽呢?我无从知道它的真相,但我知道都是两个苦命的人。

　　我在这个昏暗而狭窄的房间里,通过客人每天讲给我听的故事,了解人情世态。今天,会有什么样的客人来告诉我那个故事的结局呢？我刚到上海做妓女的时候,这类事情时有发生。

刚到这里的时候,我才十五岁。

"跟我来。"

堂姊把我领到了位于四马路会乐里的一个豪宅后院里。没想到她居然给我找到了这么好的养父母家,想到这里我就对堂姊感激涕零,我不知道自己是被卖到这里当妓女的,也不知道那是妓院的别屋。我们是从后门进去的,可是一看挂在门外的漂亮灯笼和豪华的家具,我就越来越没有自信,拥有这么个大宅门的人怎么会收我这个小村姑来当养女呢？

进屋以后,我被里面的豪华装潢、薄纱窗帘、墙上的绘画和挂钟,以及第一次见到的美丽落地镜吸引了。

"来行个礼,以后她会像疼亲生女儿一样疼你的。"

在堂屋的北壁下面,一位裹着绫罗绸缎的夫人正坐在一张红木椅子上,她正在盯着我。我没敢再抬头,赶紧给贵夫人磕了头。

"几岁了?"

"十五。"

我低声回答道。

"瞧这眼睛,又俊又善。你知道这里是什么地方吗?"

"……"

"还没……"

看堂婶要替我回答,贵夫人站起来摆了摆手,止住了她。

"都带来了还没有跟她说,是吧?"

"我不是故意的……"

"是啊,这种事情也不好说,我慢慢教吧……"

就这样,我成了妓女,既没有哭天抢地,也没有奋力抗争。爸爸去年秋天去世了,妈妈和我饥寒交迫地撑过冬天后,也走了。早就听说过一些贫穷的家庭,狠心地把自己的女孩卖到妓院,眼看着听说过的凄惨故事发生在自己身上的时候,倒也平静,平静的绝望。

我两天没吃没喝,就坐在那里发呆,一些同病相怜的姐妹在我眼前晃悠,就像隔了张薄膜,离我很远。我想,就这样走了吧,还能赶得上爸爸妈妈,命里没有莫强求,这就是我的命。

但第三天早上,贵妇人把其他人支走,把我的手攥在手心说:

"让我瞧瞧,哎呀,眼睛都肿了。那天来的时候,可不是这样的哦,我太熟悉那种眼神了,真的恍如隔世。"

"……"

"在很久以前,我也跟你一样,带着那种眼神来到了这个地方,一样的决绝,一样的冰冷。但是,二十年过去了,我得跟你说,死都不怕了,还有什么不敢面对的呢?妓女不也有三六九等吗?既然到了这里,就要做好,历史上也有李师师、杜十娘这样的名妓,将来是要当名妓花魁,还是要当下层妓女,就看你怎么决定了。你想让这双美丽的大眼睛整日流泪,甘当让人瞧不起的妓女吗?"

窗外是熙熙攘攘的人流,没有一张熟悉的面孔,是的,这里不是乡下,而是上海。她说得对,我只能在高级妓女和低级妓女之间选择自己的将来。这天我知道夫人也是跟我一样的苦命人,她让我喊她妈妈,这是行里的规矩。

第二天开始,我就认真洗了脸,吃了几样自己喜欢的东西后,认真学习琴歌书画。这是高级妓女必备的素养:琴要弹得行云流水,歌要唱得燕语莺声,诗词歌赋样样精通。而且在任何情况下都能笑脸迎人时,妓女才能出师。

练琴歌书画的时候,妈妈偶尔使唤我去妓院。在那里,富丽堂皇的房间和光鲜亮丽的前辈妓女们让我备长见识,听说客人都是些达官贵人,他们的子弟也会背着父母偷偷过来吃花酒,偶尔也能看见蓝眼睛的外国人。

一年的严格调教,我也被推到前院接客了。那一天,客人们似乎也知道我是头天出道,走在长廊上,我觉得所有的人都在看着我,我使劲低着头,觉得廊子实在太长了,好不容易走完了那条路,手心里捏了一把汗,终于顺利地完成了第一次入房仪式。那以后的一段时间里,我还是觉得客人的眼光追着我转,不管在房间还是在走廊里,只要和陌生人照面,我就紧张得寸步难行。逐渐地,我明白了这个圈里的规矩。

我们妓院里的美女有一百多人,个个都是花容月貌,不仅是我们这里,整个四马路分布着五花八门的妓院。

被调教的一年里,我们不能随意出门,开始接客后就可以跟姐妹们一起逛街。在街上我们看到不少新鲜玩意,可路上的行人把我们也当成是一个街景。那时候我还是刚刚挂牌的小妓女,其他妓院里的名妓在我眼里又是一道不厌的风景。

有一次在街上遇见了王茉莉,她是圈子里是红得发紫的女人。

"快看,那个就是王茉莉。"

同行的姐姐指着传说中的王茉莉,急切地告诉我。她精致的脸上,黑的黑,白的白,高雅得像书香门第的大小姐,举手投足,一颦一笑,连我都被深深吸引,她却也挂满了各种珠宝首饰,这大概就算是行业标志了,在冬日的太阳照射下熠熠生辉。我想,把她和那些演员放在一起,她的气质大概也是会占上风的。据说上海有一万多名妓女,如果这算是群星璀璨的话,王茉莉大概可以说是其中的天王星了。

"上海的男人们流传着这样的说法,王茉莉坐在汽车上向车窗外微笑的时候,洒出的不是微笑,而是满街的金粉银粉。王茉莉太美了,只要她进哪家茶馆,男人们都会不知不觉地跟进去。"

第一次听到这样的话时,我还将信将疑,可是见到王茉莉真人后,我才知道什么叫名不虚传。她确实是上海滩当之无愧的花魁。

除了王茉莉,我们妓院里孙青青的人气也很旺。只要她到某家茶馆喝茶,男人们就为了一睹她的风采尾随而至。茶馆主人深谙此道,会特地给妓女们腾出门口的桌子,让人们瞧个够。

我原以为那是王茉莉或孙青青那样的名妓开创的小伎俩,可妈妈说妓女们到茶馆喝茶勾引客人是清朝末年就有的老习惯,已经有三四十年历史了。

"你们是不是经常到安凯第喝茶啊?"

"是啊。"

"从清朝末年开始,上海各界名流都喜欢到那里喝茶。当时,上海有四大名妓:林黛玉、陆兰芳、张书玉、金小宝。每当这四人出门的时候,都会到那里占一张桌子吸引路人的视线。这也是给自己做广告了,我现在坐在这里,你们要是想仔细看我,就拿钱到妓院里来吧。现在,你也好,王茉莉也好,到那里去喝茶的目的都是一样的。"

"您说的是。"

"当时,有人说她们坐在茶馆里的样子宛如守寺庙的'四大金刚',后来这就成了她们四个人的绰号。"

"当年,妈妈见过四大金刚吗?"

"我年轻的时候只听过她们的很多传闻,并没有亲眼见过。后来,听说她们的结局也很凄惨,妓女的命就是这样,要是身价如金的时候没嫁好人家或攒足钱,等到年老色衰的时候,比无依无靠的老婆子还可怜。"

妓女中有给人做妾的,也有被明媒正娶过去当原配的,男人娶妓女过门不是什么见不得人的事情。不过她们好像不适应婚姻,没过多久大多会重操妓业。

"我们今天晚上跟王老板的女人玩一下?"

"好啊。"

嫁过人的妓女好像添了一个辉煌的履历回来,吸引着更多人的好奇与光顾。不过,那也是嫁到显贵人家才有的待遇,要是跟黄包车夫或码头工人好上了,那就等于自降身价。

"别以为你们年轻,妓女的青春比花期还短。别老了再后悔,从现在开始要提起精神。"

琴歌书画的妈妈总是这样教导我们,话很简单,做到就不容易了。

十九岁那年,我春心萌动,爱上了一个男人。他的个头很高,也很壮实,看起来很实在,在上海码头经营着一家规模很大的米店。他每个月来看我七八次,有时频繁得让我惶恐。刚开始的时候,我以为他只是经常光顾我的客人,时间长了大家熟悉起来,却渐渐露出与身份不相称的腼腆。

"喜欢上姑娘了吧?"

后来,连跟他一起吃花酒的人也看出了他的心思。当时,他二十七八岁。我虽然没有去过他的米店,可听他与其他客人聊天,我知道米店是从他掌管后发展起来的。

每次来看我的时候,他都说对我是一片真心,我让他感受到了家里也难以感受到的柔情。慢慢地,我也喜欢上了他。一直以来,客人就是我的服务对象,换来的就是金钱,在他的身上悄悄地发生了变化,一直与这个世界隔岸观望的我,放下了习惯了的多疑、提防,满心的委屈、柔情为他打开了闸门。我知道他是两个孩子的父亲,有一个一起白手起家的老婆,但我还是自欺欺人地沉迷其中。

"我真想把你放在我的口袋里,随身带着,不让其他男人碰你一下。"

每次他来,都给我描述我们的未来,让我生活在激动的憧憬中。我天天望眼欲穿地等着他,看着镜子里的自己,不允许有丝毫的不完美,老天爷给我的委屈就要到头了,我该重新做人了,一

85

定会好好珍惜这从天而降的幸福。

"你带我走吧。"

"嗯,就快了。我刚刚新开了一家店,等忙完了这阵,咱们就找房子结婚,你每天打扮得漂漂亮亮的给我看。"

但海誓山盟,说到底只是轻飘飘的话,说没就没了。那一天以后,他再也没有出现在我面前,我细细思量,一分钟一秒钟地想过去,想上一次他来时我们的点点滴滴,我丝毫想不起自己哪里做错了,他似乎也没有征兆告诉我即将而来的选择。我有些抓狂,但我清楚地知道,感情就要这样杳无踪迹了,我承认与否都得接受。

但事实却让我更加伤心,他不是不再来妓院,而只是不来找我,他每天去的是孙青青的房间。孙青青是我们妓院的花魁,但也是我的好姐妹,他们共同的背叛让我心灰意冷。我有些冷笑了,没什么的,世态炎凉可不就是这样的吗?

俗话说,好事难出门,坏事传千里,我一个人闷在房间里暗自神伤的时候,同院的姐妹们都知道了过来安慰我。老相好因为别的女人背叛自己的时候,妓女们往往会找那个男人闹一通,不惜上演喝药上吊诸样把戏,直到那男人赔偿足够多的钱,才能息事宁人,这是花界多年来的惯例。姐妹们都异口同声地要我去闹,还要陪我一起去,但是我宁死也做不出那种事,爱上他是我犯傻,我谁也不埋怨,但我怨恨所有的男人,咬着牙发誓,这个世界没有人值得我爱。

没过三个月,孙青青就甩掉那个表面上朴实的男人,给一个更富的人当妾去了。姐妹们不管嘴上如何骂她,心里都很佩服她的手腕。我的心里不知道该埋怨自己蠢笨,还是该听天由命,也许我命该如此,做一个三流的妓女,一直到人老珠黄。就在那个时候,失踪有些日子的好姐妹珍珠的尸体被人发现了。

她是跟我一起进妓院的可怜姐妹,出道几年内就成了仅次于孙青青的名妓。在我们妓院的大门上,在最显眼的地方贴着她们俩的名字。前段日子,一个高官对她宠爱有加,钱花了很多,心思也费了不少,终于把她追到手,但没有多久,她就成了人家手里的垃圾,毫不犹豫地扔回来了。她轻易得名获利,这大概是她碰到的第一个冷钉子。那时候,我正在咀嚼一厢情愿的恋爱苦果,也就与她成了同病相怜的人,抱在一起哭过好一阵子,说了很多肺腑之言,但过一阵子,我难过却又重新接客,她却失踪了,过了几个月被发现的时候,人已经变成了吴淞江上的一具浮尸。

那一刻,我脊梁冰凉,我们只能是任人宰割的羔羊,出卖自己的肉体换得别人一点怜悯般的施舍,就跟街边的叫花子一样,不要以为名妓就能如何,说到底还是个无奈的妓女。珍珠一时冲动,听了唧唧喳喳的姐妹们的话,找那高官闹了一场,要他补偿自己。后来的一天,妓院的姐妹外出时,碰到很多人聚在一起,我也忍不住好奇过去一看,竟然是珍珠最喜欢的那件蓝色纱衣,再往下一看,露在外面的脚脖子上有着深深的勒痕。但警察结案时,却说她死于自杀。

生活的冷酷反倒让我从失恋、背叛的痛苦中走了出来,我什么都不在乎,也许年轻的生活就是为了挣钱,老了的时候静悄悄地离去。没过多久,孙青青就结束了婚姻,重操旧业,人气比以前更旺,看着她依旧得意的脸,我却看到了她、看到每个人内心深处的悲哀,也就没什么快乐或者不快。

果然花无百日好,人气直逼王茉莉的孙青青也不能改变圈子里的生命周期。

她再次抢了一个好姐妹的情人,那姐妹也是痛不欲生,但她马上又厌倦了。但接下来,不知什么原因,她迷上了一个平凡的厨师,天天往饭店里跑,每天开车去饭店接那个厨师,本来就是名妓,这事情传得就更快,冲天的人气瞬间一落千丈。她也就从众星捧月变成了门可罗雀。

　　常客们都离她而去,没有多久,她也从妓院里消失了。有的说她得了难治的花柳病脸都烂了,有的则说她变成了烟鬼,面目全非。姐妹们都说,她总是让自己家姐妹流泪心痛而受到了报应。但不管怎么说,同为妓女,她的结局让我感到了兔死狐悲的凄凉。

　　另外一个姐妹周美丽的故事也让我难忘。她性格刚烈,美貌也不逊色于王茉莉或孙青青,但她不骄傲,很少说话,却很仗义。

　　突然有一天,人们在四马路一个偏僻的旅馆里发现了她的尸体,是被日本人乱刀刺死的。她死了之后人们回忆起她的点点滴滴,她的常客中,日本客人最多。也许,她堕入风尘不是为了钱,而是别有原因。有人说她可能是藏于妓院的地下党,为了情报身不由己,我朦朦胧胧觉得这不是"也许是",而是"一定是"。

　　她曾经问我从来不想去想的问题:"人为什么要活在这世上?"

　　孙青青夺走我情人的时候,她也找到我房里握着我的手安慰我:

　　"我知道你难过,不过还是忘了吧。我们虽为妓女,可是我们的世界比萍水相逢的男人怀抱宽广得多。我们不会永远是他们的玩物,还可以做更大的事情,不是吗?"

　　身边两个要好的姐妹就那么突然横死,会不会哪天我也就被人从背后插了刀子? 从客人的床上爬起来,除了与谈得来的姐妹说会儿话,我不知道自己还能干什么。那时候我学会了抽烟,但我很清楚烟鬼的下场,没敢抽大烟。

岁月如梭,我也到了妓女的最上限二十四岁。这时候,一个客人出乎意料地向我求婚,要我做他的小老婆。他那年四十二岁,在租界经营了十几年的大砖厂,又是房地产商人。他个头矮,话也不多,是那种扎在人堆里就被淹没的人。他没有前一个男人的甜言蜜语,但给我买了好多珠宝首饰,而且,我听姐妹们从其他客人那里打听来的消息,人还不错,所以我并不讨厌他。

"我要挑个好地方给你盖一座新楼,比从前卖过的所有房子都好!"

他言出必行,果然,在他接我出院之前,新房子已经盖好了,还给我找了两个保姆。

"你要记住我以前跟你说过的话,我不希望在这里再次看到你。"

离开妓院的那一天,一直很疼我的妈妈看着我的眼睛,严肃地对我说。

"你的眼睛现在还有刚来那会的精神劲,但我永远都不想再看到它们!"

我抱着她哭了,她教给我的也许不是好东西,但是我自己命苦,她从来没有打骂过我。

现在想起来,接下来的三个月都像做梦一样,梦里云雾缭绕,在那栋两层的小楼里,一切精致得不像属于我,日子安静得不真实。他来的时候,我就指点着厨子做他喜欢的红烧肉和清蒸鱼,两个人的烛光晚餐后,有的时候,他会带我去参加一些舞会,如果在家,我就弹琴给他听。大部分的时候,他并不过来,百无聊赖的时候,我就会回忆起从前的那些日子。

有一天,我上街买了绷子和针线回家。远远地,看到大门开着,我就觉得一直担心的事情可能就要来了。我刚打开屋门,一只强硬的手就拽住衣领,把我拖到屋里,又使劲把我推到了地上。

我手扶着地,看着高高在上的他的太太。她的脸上满是趾高气昂的愤怒和不屑。

"臭婊子,终于找到你了。"

那个年近四十的女人和其他三个看起来像是姐妹,不知道她们平日里有多少委屈,轮番发泄在我的身上,一直到手腕子累了,她们才停下甩在我脸上的手。家里能倒下的东西也都躺下或者压得稀巴烂。

"是不是想换个地方住啊?好,随便你们。不过要看你有没有能耐飞出我的五指山。逛窑子还不够,胆大包天地娶回来?"

他太太隔三差五地来撒泼。终于有一天,他也带着浑身的伤回家了。

"这婆娘太厉害,我吃不消了,不拼个你死我活就制不了她了。"

"她一点都不怕你?"

"她弟弟是码头那边出了名的地痞流氓,她仗着娘家恶毒得很。"

"我还是回去吧……"

"胡说……"

他告诉我说,已经在别处找好了房子,叫我先不要搬东西,人先过去躲一下。而在新房子那里,坐在屋里等待我的,却是他的小舅子和另外两个流氓。

"跑错地方了吧?"

他们轮番侮辱我,比我听说过的衣冠禽兽都要恶毒百倍,那一夜我再也不想回忆。

"你等的人不会来救你了,永远都不会,要不然,你俩都会死得很惨。"

小舅子恐吓我以后,带着自己的手下走了。像他说的那样,他再也没有出现过。

我身无分文地离开那个家,也许是我命该如此,上辈子做了什么坏事,只能受此折磨,今生难得脱身? 天上的星星透亮,一颗一颗的,晶莹得像妓院妈妈的眼睛,我真想回到她的身边,哭一场继续在那里过下去,可是我已经太大了,妓院不可能花钱养一个过了人气的妓女,我该怎么办?

不知不觉中到了黄浦江,夜深了,我浑身颤抖着久久地凝望着星光下的江水,它宁静得像小时候妈妈的怀抱,妈妈我就这样去找你吗? 你会埋怨我吗? 我的一辈子就这样结束了吗?……不是,都说好死不如赖活着,活着就还有希望,妓女也是人,在这个世界上,比妓女卑鄙无耻却活得光鲜的伪君子多得是,我不该死! 那三个月的幸福生活,我拥有过就说明我配拥有,将来我还会有。

在那以后,我在四马路附近的一个偏僻弄堂里租了一间房,用我最真心、最诚挚的拥抱去服侍客人,我没有太多的金钱渴望,也不再想攒下好多钱,现在够用就好。我们互诉衷肠,彼此分享着内心的苦与乐。我经历着无数个男人,跟他们度过了像夜空里的星星一样美好的无数个夜晚,分享了梦,分享了泪。

闯荡十里洋场的年轻人多辛苦啊! 离开父母家人只身来到上海的时候,有个熟悉的人可以信任吗? 我能在这里生活下去吗? 过了一段食不果腹的日子后,好不容易找到工作不再担心明天的温饱,也慢慢地受到人们的认可。有一天,回味起自己在上海滩的足迹时,他感到渗到骨子里的寂寞。在漫漫长夜里,一定有意志也挥之不去的孤独找上他。

在漫长的岁月里,我安慰着这样的汉子,用我的方式度过了妓女的一生。我没像有的姐妹那样成了烟鬼,也没再被男人抛弃过,更没有为情所困,我在自己的无贪无念中简单却也安稳地过着。

我更老了,我的客人就更穷了,但我没有亏待他们,一样的努力,一样的认真。有的时候,我还很感谢他们不嫌弃我的年老色衰。

妓女一过妙龄,就变成了明日黄花,青春在灯红酒绿的妓院,在夜生活的纵欲中,凋谢得比昙花还快。

我小时候被卖进妓院,又在短暂的时间里体会了爱情的无常、人生的无奈与世态的炎凉。我想起了变成烟鬼无踪的姐妹,从良又重操妓业的姐妹,在爱情的折磨下跳进黄浦江的姐妹,曾

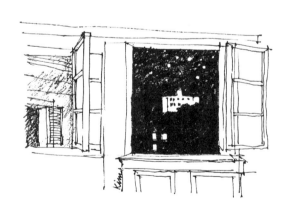

经拥有过辉煌、细究起来又可怜的姐妹们。

　　我们不知道容颜易老,眼看要发财的世界其实苦海无边,海誓山盟扭头就忘,我们只求今晚能够擦去彼此的眼泪,在上海的夜空下入眠。

香 格 里 拉

"人间仙境啊!"

"果然名不虚传……"

五月的第二周,我和朋友望着如画的丽江山水赞不绝口。我们从上海出发,上周到了昆明,转坐汽车,最后骑马来到了丽江。

我和朋友都是怡和洋行的员工,我是律师,朋友是贸易部的一名中层管理。我们一起申请休两个月的长假,来这里旅游。在我加入公司之前,公司通过鸦片贸易赚足了资金,现在已经转行做丝绸、纺纱、纺织、木材和酿造业等国际贸易。我的任务是配合首席律师解决贸易中产生的各种法律问题。因为公司处于扩张阶段,许多问题都是第一次碰到,不断遇到各种意外状况,工作压力就非常大。所以到了周末,同事们就会一起去打猎、踢球或者游泳,用各种运动来放松身心。

这是我进公司以来第一次休长假。同事们休长假的时候，大多会回国探亲，但我无家可归。小时候父母双亡，是伯父把我养大的，但伯父也没等到我当律师，就离开了人世。

六年前，我拿到律师执照后，就从伦敦来到上海，当时我二十六岁。不久，在这家公司工作的朋友，把我介绍进了这家公司。

有一技之长的年轻人来到上海就像是麦苗到了春天一样，有了大展身手的好机会。我做的是自己喜欢的专业，收入也不错，公司的生意蒸蒸日上，我也跟着水涨船高。上海这个城市的变化是典型的日新月异，要是忙一阵子再上街一看，高耸的新楼或者拓宽的街道，让人感慨上海人的神速。

那一天，一位从英国探亲回来的同事给了我一份礼物，是获得霍桑登文学奖的小说《消失的地平线》。从翻开这本书的第一页开始，我就被它深深吸引着一直往下读。我突然想起了刚到上

海一次聚会时一位传教士说的话。他说,云南省有一个地方四季如春。我很好奇问什么原因,传教士一板一眼地给我解释:

"以赤道为中心,南北纬 20 ~ 25 度之内属于亚热带地区,而这个地区海拔 2 000 ~ 2 500 米的地方是四季如春的常春地区。地球上有不少亚热带地区,可这样的常春区只有中国的云南省。"

在《消失的地平线》里,作家把那里描写成青春永驻、事随心愿的一块乐土,我看完之后,更是一直对它充满了期待、神往,于是我给朋友看这部小说,问他要不要一起去休假。

"咱们在这里住下来吧。"

我们在丽江古城的一家民宅解下了行囊。古城有七百多年的历史,还留有南宋末年的古韵。从雪山流下的清水分成无数支流,穿街绕巷,流布全城,就像童话里的王国一样安宁纯净。

我们留宿的民宅门前也有小溪流过,溪水清澈无比,我伸手捧起喝了两口,再洗把脸,霎时觉得清爽了许多。小溪的两边,是多年来磨平的石头路,泛着岁月的光泽,迎来送往。傍晚,走在寂静的小路上,想象着千年前的人们怎样穿梭在同样的青石路上,石桥上挂着皎洁的月亮,月亮下沿着墙根开放着蔷薇花。

　　这样美好的天气,我们没法把自己困在家里,戴上打猎帽就出门了。一眼看去,尽是低垂的杨柳、如烟的花海,春风像温柔的手轻抚过脸颊,轻轻地包围着每一寸原本紧张的皮肤,身体感觉到了从都市里松弛下来的慵懒。丽江人更是享受着春日的美好,步履轻快,脸颊红润,小孩子们可能是第一次看见外国人,渐渐地成了一小群,好奇地看着、尾随着我们。不经意间,一个七八岁的小女孩与我四目相对,我对她友好地笑笑,她竟然吓得红了脸,急急忙忙地跑开了,顾不得捡起来那只丢在了石板路上的小红鞋。

　　接下来的日子里,我们骑着马游览了古城周围,满山遍野的野花迎风弄舞,成群的牦牛像黑色云彩一样流过草原。

　　有一天,我们来到了离古城几里地的村庄。村子很小,也就是十几户人家,袅袅炊烟升起的时候,似乎在与远处的皑皑雪山打招呼,绕着农家围墙同样也有灵动的溪水潺潺而过,我突然想起了英国农村的那份优雅宁静。走在夯实的土路上,觉得非常熟悉又无比温暖。

　　无意看到一家院门的两扇篱笆都敞开着,忍不住想要去冒昧地看一看,估计淳朴的丽江人不会把我赶出来。房子是"匚"型结构的,偌大的院子里满满的都是宝贝,正屋的上面加盖了一层阁楼,估计是个仓库,上面的秸秆垂了下来,挡住了窗户,房子的两边盖着牛棚和鸡窝,在院里溜达着觅食的两只鸡被我的脚步吓跑了。牛棚里,有只出生不久的牛犊,我很好奇它背向我的小牛脸会是什么样子,把脑袋伸进了牛棚,护犊的母牛立刻向我怒目而视、低头相向,我赶紧夺路而逃。

村子的尽头就是一望无际的田野,像绿色的海洋满眼都是生机和活力,不知不觉中,到了正在赶集的另一个村子。马路的两边摆上了各种蔬菜水果和日用品,招惹着妇女儿童们的再三驻足,人们热闹地说着话,脸上满是笑容。

我们沿着村庄外围的江水继续走,这条江叫金沙江,它从容地穿行在深山峡谷间,像清晨散步的老人一样随心自如。两岸的山峰高而险峻,像两队威武的天兵护卫着悠闲的金沙江,壮观无比。越是往前走,山峰河谷越来越雄伟,水也越来越深,墨绿得有些深不可测。如果真有天堂,这里大概就是天堂的入口了。沿着江水走了好一会儿,水流突然变窄,著名的"虎跳峡"就展现在眼前了。原本宽敞悠闲的江水突然被挤在一条窄窄的过道里,愤怒或者欢快地热闹起来,浪花翻滚着鼓足了精神呼啸而下,威猛的气势不容得任何人小觑,摔落在峡底,溅起了层层小浪花。

继续往村子的北边游走的时候,突然下起了雨。不大不小的雨点密密麻麻、有条不紊地落进绿林丛中,墨绿的树叶更显得油亮,轻微地在春雨中颤抖,不知是欢喜还是满足?在这处处充满生机的绿色森林里,我觉得有种奇异的灵气在我的体内游动。

过山谷的时候,一片美丽的粉色花海如梦如幻,在雨中格外妖娆、让人动心。不知不觉地,我摘下一朵挂着几粒雨珠的花瓣放在舌尖上,轻轻地合上嘴,闭上眼睛,享受着肥润柔软的花瓣香气,慢慢地,甜美的花汁顺着舌尖、喉咙,流进了我的血管。我的神经在那一瞬间似乎听到了大自然的呼吸声,它是那样遥远而又清晰,像佛家传说的极乐世界那般至纯至善、国色天香,像妈妈的怀抱那样温暖柔情。

我和朋友在村口的酒馆里一起喝酒,没有太多的话语,但我们像读懂了对方一样默契,都在回味一天来感受到的世外桃源般的纯美,又都在享受这一刻最朴实的安宁。我的心正在从这座山到下一座,从田野到天际,从这条小溪到那条江水,自由地漂流着。

　　"我不想回去了。"

　　朋友听得目瞪口呆,但我的表情告诉他那是我的决定。接下来的两天,我们都没有再去游山玩水,他把我留在宾馆里,苦口婆心地劝我。但结果是,他一个人回到上海,然后按照我的嘱托,把我的行李寄了过来。香格里拉让我一见钟情,我真的不想离开它。

　　第二年,也就是1935年,朋友代表公司寄来一封信,首席律师积劳成疾,心脏病发,要回英国了,所以让我赶紧回来接任他的职位。朋友还亲自跑到香格里拉来恳切地说服我,他说机不可失,要是错过这次机会,将来一定会后悔。公司的发展早就成为行业第一,我要是成为这样公司的首席律师,人人都会羡慕。

　　我被朋友拉到了上海。久违的上海更加热闹、繁华,但每天还是要工作十多个小时。同事们都是一副西装革履、精神百倍的样子,满身都是国际品牌,出门待客更是名车豪宅,但我还是怀念我租住的那个篱笆院子,我不明白他们那么奔忙的目的是什么,是什么使他们那么兴奋,我觉得也许他们听从的不是内心的真正需要,而是人为亦为,根本没有自觉。三个月后,帮助公司度过过渡期后,我又回到了香格里拉。

　　五年后,朋友回国前到香格里拉来见我最后一面。那段时间,爆发过抗日战争和"二战",但香格里拉平安无事。我和朋友在从前去过的酒家喝了酒。

"跟我一起回英国吧?"

我们相视而笑,一语不发。孩子们在晚霞中的田野上奔玩,妻子在远处舒心地望着快乐的孩子们,而我的眼睛里燃烧着香格里拉火红的晚霞。

百 乐 门 舞 王

他的相貌完美无瑕,得天独厚。结实的臂膀,秀美的颈部,修长挺拔的双腿和平坦的小腹,以及那双会说话的眼睛和包着俊美的脸直奔而下的下巴轮廓,都让人觉得他简直就是上帝之手雕琢出来的大理石雕像。

光洁干净的皮肤,清晰端正的五官,与完美的身材相映生辉。不仅如此,上苍似乎在竭尽所能地塑造一个"完美",赐予了他与生俱来的运动节奏感和艺术韵律感。凡是去过米高梅舞厅的人,一定会注意到舞池中的他,他翩翩起舞,神采飞扬,就像进入了一个忘我的艺术舞台,分不清楚究竟是他在跳舞,还是舞蹈附着了他的身。他平时就美,但跳舞时简直就是神的杰作。

小时候,在自己的家乡,在爸爸妈妈和爷爷奶奶的宠爱下度过了幸福的童年。四岁的时候,舞蹈方面的才华开始崭露头角,他从阁楼下来的时候从来都不会安分地走下来,每每都是随着当天的兴致展示新的姿态和动作,而且绝不会重复同一个动作。对于父母来说,足可以为此骄傲了,虽然他们也不清楚,这究竟能给他带来什么。

他们家田产多,在乡下过得还算富裕,望子成龙的父母不惜变卖田产,把这个聪明的儿子送进了城里的大学。

十九岁的时候,背负着父母的一片苦心,他离开乡村到上海读大学。那里,有很多从来没有体验过的生活在等着他。

繁华市区中心的学校让他瞠目结舌,来自全国各地的同学和挤满图书馆的藏书也让他大开眼界。不过,除了他的学校,大上海还有很多,这里不愧是国际都市,有形形色色的各国人,从穿着打扮到言谈举止到话语腔调到文化观念,统统各不相同。每天,从报纸上又能读到这个城市各个角落的五花八门的事情。这跟他熟悉的乡下完全不同,就像跨越了一个时空,到了另外的大下。原来的时候,他的想法跟父母、亲戚邻居都会差不多,但在这里,他觉得人和人的想法格格不入,多么美妙啊。

上大学后的前两年,他真的很用功。直到大三时,秋日的一天,一个要好的同学过生日。

"我们都长大了,要不要去舞厅看看?"

几个同学在和学生身份不相称的豪华饭店吃完晚饭后,寿星提议到。

"舞厅?你是说跳舞的地方吗?"

"对,舞厅。上海有几家舞厅,听说那里每天都有很多新鲜玩意儿。再说了,我们也该学跳舞了。"

"你去过没?"

"没有。不过很好奇,很想知道人们去那里跳什么舞。可我一个人不好意思去。"

"那你会跳舞吗?"

"不会也没关系啊,我们去看看那里到底是什么样,人们都在跳什么舞。"

那天,他跟着同学们第一次去了舞厅,大家都是为了开眼界去的,只有他一到那里,就知道自己一定会常来。

一到舞厅门口,轻扬的音乐就过来热情地把你拥入怀里,整个身心霎时离开了门外的纷扰,进入了一个新鲜放松的世界。舞池里,跟看过的电影一样,有好多对男女正在激情地跳华尔兹,他们行云流水般的舞步牵引着他的眼、他的心,他不由自主地闭上双眼,沉醉在一个彩灯闪烁的黑夜里,什么都没有,只有绚烂、漂浮的美。这一切激发了他与生俱来的激情。男人自如潇洒地牵导着女人,女人旋转的腰肢和摆动起来的裙裾,找了一个最完美的角度定格在他的脑海里。对他来说,舞厅就是相见恨晚的知音。

从那以后,每天一下课,他就不能自已地奔向舞厅,在那里痴痴地盯着别人的脚步。一个人在家的时候,他就自己喊着节拍练习,从舞步的准确、肢体动作的优美到脸上的冷峻或者柔情,只要是跟舞蹈有关的细节,他都不会马虎,看着镜子一遍遍地自我批评。如果不跳舞,他真是坐卧不安。他本能地追求着完美,每当那个时候,他就觉得自己是在天上飞。

那天,他终于买了一张可以跟舞女跳舞的门票。进场后,他走到看上去能跟自己般配的舞女身边,郑重地请她跳舞。

舞女的手职业地放在这个虽然经常到舞厅,却从未跟任何人跳过舞的大男孩儿的手上,嘴角不经意地上扬。

"请吧!"

他带着她迅速地滑进了舞池,满场飞舞。那段舞并不长,却不是谁都能模仿的。他的舞姿让周围的人叹为观止,就连在舞池里一起摇摆的人们,也纷纷放下舞伴的手,退到外围欣赏他们的优美。人们在他的行云流水般一气呵成的舞蹈里,以及脸上的那副超然的优雅中,看到了难以言喻的美。

迷离的灯光中,女人们努力去跟紧那张帅气的脸,可他似乎看透了她们的心思,带着他的舞伴不停旋转,满场子飞扬。几根刘海滑下来挡住了光洁的额头,心切的女人们更是在不知不觉中叹息,等到一曲终了,为他着迷的女人们都在幻想着,搭乘上他有力的臂弯在舞池旋转的样子。他仅用一个晚上的舞蹈，就迷倒了舞厅里所有的视线。

有一天，他刚坐下来休息的时候，一个陌生的先生走过来悄悄地把他叫了出去。

"请借一步说话吧！"

在一家茶馆里，那位先生递上一张名片，上面写着"百乐门舞厅总经理"。

"百乐门是上海滩的 No.1，这是毫无疑问的。只要你肯来，我们不但不收你的门票，而且会给你提供餐补和礼服，还会象征性地给你报酬。"

"谢谢您对我的好意。我想跳舞的时候会考虑的，不过，我不想拿自己喜欢的舞蹈做交易。"

"你一定要来。我观察过无数人跳舞，也专门跑过来看过你几次了，你是当之无愧的上海舞王！只要你肯来百乐门，我们一定厚待你。"

一切都是水到渠成，自然而然，他一炮打响，马上就成了上海社交圈的红人，无数个女人都渴望着和他一起在百乐门的弹簧舞池里跳华尔兹，个别任性的女人还主动站起向他伸出手实现了心愿。不论是跟他一起跳舞的人，还是旁边的看客，都觉得他的灵魂在乘风飞翔。

"我想跟您跳舞，就一次。"

有一天，一位美丽的年轻女子执拗地盯着他的眼睛请他跳舞。他觉得，那双眼睛清澈透亮、与众不同，闪烁着孩子般的干净和简单。他轻眯上眼睛，想象着带着一个纯洁如百合花的姑娘在乡间的田野里舞蹈，蓝天白云，绿草如席，远处乡亲们为节日敲响的鼓点，他的父母在看着他，一开始，他还有些不好意思，但他似乎看到了父亲嘴角认可的微笑,于是,他要给他们展示最美的舞姿。那天,他跳得格外动情。

从那以后,他们经常一起跳舞,配合得也越来越默契。他总是花样不断,而她也总能从他的手腕、指尖的变化处明白他的暗示,相视一笑继续飞扬,他们在舞步中感受着彼此的呼吸,从冰凉的客气经过静谧的平和走到了热情的期盼。

"我每天都在等待着夜晚,等待着你的出现,看到你,才会平静下来。"

女子不断地向他告白。

"他们真是天造地设的一对。"

人们望着他们跳舞的样子赞叹。

"我说,她不是上海大亨沈吉宇的女人吗?"

"啊? 那也不怕被沈爷知道?!"

人们的担心不是多余的。不知哪位姨太太把他们在百乐门的事情告诉了沈爷,狂暴中的沈爷扬言要他们不得好死。

女人这才明白事情的严重性,急忙安抚沈吉宇。

"老爷,您别冲我发火,我不知道他是怎么想的,但我只把他当作一个免费的舞伴。"

"你是说,那个毛小子爱上你了?"

"他的心思我不知道,但我没有。你也知道我喜欢跳舞,可你不是一直在忙吗?"

"那也不能把我撂在一边,只跟别人跳舞啊,你也太大胆了!"

"老爷,不知道他对我有没有感情,反正我对小白脸没兴趣。您也知道啊,我哥哥和叔叔们都是一等一的美男子,但我喜欢像您这样有魄力、有气质的男人,鄙视那些徒有外表的花架子。"

106

沈吉宇听了很舒坦也就放了心,决定放过自己的女人。但那个百乐门舞王,死罪可免活罪难逃,他命令手下给他出口恶气。

几天后的一个漆黑的夜晚,他走出百乐门回校的路上,几个彪形大汉把他围住了。

"把他套上!"

这是一场噩梦吗! 他好像听到了从遥远的地方突然而至的这个声音,但是马上失去了知觉。不知过了多久等他醒来的时候,感到钻心的痛,但他试图认清周遭的时候,他才发现致命的打击,一声凄惨的叫声回荡在地下室里,他立刻又晕厥过去了。膝盖以下的部分没了,成了血肉模糊的一片!!!

皎洁的月光照着水面,他正在离开上海。岸边的路灯和近处高楼里的灯光倒映在黄浦江上,随着波纹荡漾着。望着银色水面,他想起在舞厅的华丽灯光下跳舞的样子,吊在舞池天花板上的豪华吊灯,跟着舞步闪烁的女人的眼睛、耳环和裙摆,众人的喝彩相一齐漂荡在水面上。

船渐渐驶离码头时,那些光束在他的心底更加哀怨地摇晃着,美好的时光,曼妙的舞姿,像黑色江水上面的银色波纹一层层地在他心底荡开。

"啊⋯⋯"

他把浑身的重量放在了栏杆上,望着水中的灯光,呻吟似的喃喃着。然后,趁别人不注意,竭尽全身的力量翻过了那道冰冷的铁栏杆,他的身心,像那些舞蹈的日子一样重新滑进了舞池中。

黄浦江一如既往,静静地流淌着。

骆 驼 之 爱

　　他一如既往地把黄包车停在华懋饭店的后边,把沉重的身体扔到车里,本能地寻找着脑袋最舒服的地方,把腿伸到踏脚上,他就准备睡觉了。对无家可归的他来说,黄包车既是工作岗位,又是栖身之地。他跑了一整天,脚都麻了,什么感觉都没有。

　　躺在车里,他觉得自己就像这个城市的一匹骆驼。上海有无数个黄包车夫,但没有人比他干得时间更长,没有人可以忍受漫长的车夫生涯。他已经干了八年,连他自己也不知道哪一天会倒在马路上。他要不是骆驼,也许早就永远躺在这个城市的某一个角落了。

　　他睡得很沉,平常都是睡到凌晨或者半夜有人叫活为止。夜里的收费比白天要高,如果是男客人,会粗暴地踢着黄包车大声地把他叫醒;如果是女人,就会压着嗓子尽量轻地喊一下,或者用手拍拍他破旧的上衣，她们大多是应酬男客人的妓女或舞女。通常，直到目的地，她们都不会说一句话。于是万籁俱寂的黑夜里，只能听到他疲惫的脚步声和粗重的喘气声。

他把睡觉的地方改在华懋饭店附近是从去年春天开始的。有一天晚上，他把一位客人拉到这里后，因为太累，往车里一靠就睡着了。半夜的时候，有人轻轻地摇着黄包车，把他叫醒了。

"去南市吗?"

猛地从睡梦中醒过来，他使劲摇了摇昏沉的脑袋，看清了眼前的那个女人。她一袭白色旗袍，齐额的刘海下，鹅蛋脸上长着玲珑的五官，她宛若不食人间烟火的仙子，连夜色也不能遮住她的完美无瑕。

"您请上车。"

他赶紧坐起来，下车之前还迅速而认真地掸了掸座位。后来，他又鬼使神差地去那里等客，结果真的又碰上了。她像雕像一样美丽，但美得冰冷，遥不可及。

有一次，在她报出目的地之前，他忍不住偷偷回头看了她一眼。那一瞬四目交接，她怔住了，慌忙地用手捂住嘴。他吮吸着凌晨清凉的空气向南市跑去，仿佛整条街都弥漫在她的香气里。但他心里却很不自在，一路上，就像被禁锢在一个笼子里一样，经受着某种即将来临的压迫感的煎熬。到了她家以后，又一句话也说不出口，只是默默地弯腰放下车把，让她安全下车。她每每都是高傲地下车，把车费放到他手里，看都不看他一眼就消失在石库门里。他很难形容那个时候的心情，自己都弄不清楚，自己苦苦等来的"巧遇"就是为了人家的漠视。

1932 年 1 月 28 日那天晚上，他跟往常一样在酒店后巷，躺在黄包车上睡觉。突然，"砰"的爆炸声把他震醒了，他有些茫然地环顾四周。瞬间，巨大的火焰从闸北那边冲天而起，照亮了矗立在周围的纺织厂和面粉厂的烟囱。

黑暗中的城市顿时陷入恐慌，一家之主父亲的张罗声，母亲对孩子颤抖的叮嘱声，老人和孩子的哭声充斥在每个家庭乱糟糟的屋子里。惊慌失措的人们抱起最多的包裹，扶老携幼向租界涌去。黑夜的上海涌动着焦虑的百姓。

他拉着一个客人向南京路方向跑去。

天亮之后，日本飞机继续惨无人道地扔炸弹。四川北路一带已经被日本人和海军陆战队占领了，闸北一带的工厂继续遭受着炮弹的轰炸，又传来火车北站那边火车被击毁的消息。整个上海滩如同一块被遗弃的毯子，遭受着日本侵略者肆无忌惮的践踏、凌割。

他拉着黄包车抄小道走，随处都能看见日军在大马路上随意逮捕中国人的情景。他们有时乱抓无辜的行人，追过去就是一顿痛打，更无人性的是，他们把人的眼睛蒙上、双手绑在背后，押到墙边随意就枪毙。每当看到这种情形，他就马上躲开那个地方拼命跑掉。

人们一看到日军，就跟碰见鬼一样赶紧躲进巷子里，人心危危，朝不保夕。可他每天都冒着危险把难民的行李拉到租界去，就像冬天枯水后鱼儿都游到水库里一样，人们都挤到了租界。叫黄包车的人也很多，战乱当头也没人砍价。人们在黄包车里能塞多少就塞多少，拉到租界或者躲回乡下。

街上的女孩们都用头巾包住脸。有一次，他给一对母女拉行李的时候，突然想起了她。于是，赶紧往她家那边跑去。这两天，那边也饱受了炮弹的蹂躏。我怎么没想到她呢？想到这里，他一路上不禁自责、内疚。等他到达以前跟她分手地方的时候,房子已经没了,整个居民区都被炸成了废墟。他挨家挨户地搜寻起来。

"有人吗?"

她已经走了吧? 还是被压在废墟下面? 她没事吧? 他不知道自己为何那么担心她的安危,吃力地扒拉着坍塌的房椽叫道:

"有人吗?"

她一动不动地挤在一个屋顶坍塌的房间里,塌下来的天花板和那半截结实的墙根刚好搭了个空间给她。他一看见她就心疼得眼睛发涩。为什么偏偏砸到她? 他赶紧清理掉周边倒塌的土墙,轻轻地摇醒了昏迷不醒的她。

"姑娘,醒醒、醒醒……"

她吃力地睁开眼睛向他露出一丝谢意的微笑,虽然笑得很浅,但这是他第一次看见她笑。他赶紧拿掉压在她身上的土块,察看她的伤处,淌在双腿上的血已经凝成血痂,幸亏关节没有被重压。他要背她出去的时候,她摆摆手。

"怎么啦?"

"我得拿点东西。"

她叫他帮自己收拾几件东西,他在小包袱里装进了几件首饰和钱。他顾不上日军守在哪条街哪个弄堂口,拉着车飞奔,拼命地找医院,这是他拉过的最远的一段距离了。终于到了租界的一家医院,一向懦弱的他抓着医生的脖子恐吓说,如果救不活她,他就一把火烧掉这个医院。医生无语,只是啼笑皆非地看着这个一看就知道为不是他的女人而撒野的男人。

她的双脚受了重伤,虽然不会有后遗症,但得住院治疗。他仍然出去帮人搬运行李或拉人,然后用赚到的钱给她买东西吃。平日里他想都不敢想的一些东西,他都高高兴兴地买回来,看着她吃下去,满心的欢喜。

战火持续了近四十天。白天拉着车满街跑,晚上睡在停在医院旁边的黄包车里,他满脑子里都是她,想第一次看到的她的眼睛,想她给他的微笑,咀嚼他们相逢时的每一个细节。有时,他也会清醒过来看到脚下的那双补丁破鞋,就会痛恨自己癞蛤蟆想好事,心里的火气就很大,无处发泄只能使劲踢自己的黄包车,甚至打自己耳光。但不管怎样偏激,一到她面前,他就变得很温顺。

慢慢地,她虽然还有点跛,却可以下地试着走路了。

"可以出院了,每天练习一个小时,不出三个月就能完全康复。"

医生这样说的那一天,他照旧给她送了一日三餐。他纳闷自己,听到这句话应该高兴,自己为什么没有呢? 给她送晚餐的时候,他有点手足无措。看着他有气无力的样子,她反过来问他是不是哪里不舒服。他马上堆着笑容说,没事没事,拉了一天车累的。

出院的前一天,他专门去澡堂子洗了澡,把黄包车擦得锃亮,换上一块干净的坐垫,他最认真地整理着自己最值钱的家什,却满心沉重。

他把干净的车停在医院门口,进去把她扶了出来。

"请您上车。"

跟第一次在华懋饭店门口接她的时候一样,他把车放稳后让她安全上车。

"您去哪里?"

女子不语。

"去南京路吧。"

过了好久,她才开口。

他一声不吭地攥紧黄包车的手柄。他以为自己是在慢慢地往前走,可不知怎的脸在发木,胸口也变得闷闷的,眼里则像傻瓜一样流着泪水,他又开始气自己不争气了。

　　也许,这是他与她的最后一面。他抚着闷闷的心口,眺望着远处的天空,泪水像断了线的珠子一样,止不住地往下流。他在路上像傻瓜一样爱上了互相不能靠近的女人。

　　是啊,我们这样见面,又这样分手。离别算什么,男子汉不怕受伤。相聚虽然短暂,可她能长久地留在我心底不是吗?他重新迈着快步跑向南京路,蒙蒙烟雨一样的泪水仍在模糊着他的双眼。

　　那条街上,一匹骆驼在奔跑。

花园里的绅士

"母逝,办丧后六月中返沪。"

"哎,到底还是去了。"玛格丽特看完墨菲夫人从纽约打来的电报,不知不觉中叹了口气。

上个月,墨菲夫人跟先生一起匆匆离开了上海。主人走后,空荡荡的大宅子让她浮躁,心里总是没着没落的,每天百无聊赖地屋里屋外溜达。电报的内容虽然让人难过,可总算有了盼头。

离墨菲夫妇回来,还有两个多月,她又挨个房间擦桌子、凳子和窗台了。窗外,已经是明媚的四月,蓝天上悠闲地飘荡着棉絮般的白云,温和的阳光轻柔地洒落在每一张朝气蓬勃的脸上;换下沉重棉服的行人,浑身透着轻松劲儿,连老人的嘴角都挂满了笑意;那片桃花开得真是娇艳,每一枝花朵都透着一股发自内心的骄傲,过不了多久,就会有络绎不绝的人们专门来赏花;绿草茵茵,更与那笑喳喳的喜鹊们,一个天上,一个地下,彼此观望,春天真好啊。

这是万物苏醒的季节,又是上海最美好的季节。她在夫人房间的梳妆台上拿起绣有夫人名字的薄质蕾丝手帕对着窗外的蓝天看去,天际的蓝色透过手帕浸润着她的心。

她突然想起了派对。去年的这个时候,墨菲夫人的应酬好多啊,每天都忙得不可开交,雪纺绸、平纹布、欧根纱、丝绸、塔夫太等等,墨菲夫人衣柜里的几十套礼服,随时都要做好出门见客的准备,有的需要熨平,有的是墨菲夫人喜欢但又有新的想法,需要上好的缝纫师给改造一下,也有的是需要重新搭配更合适的手袋等等。不只有衣服,每一件礼服都要有不同风格的鞋子准备着,甚至不同的花边阳伞、蕾丝手帕。每当夫人整装待发站在镜子面前最后把关时,她总是羡慕地望着夫人的背影。

有一次,夫人出去参加露天派对时下起了雨,于是玛格丽特抱着夫人的雨具和雨靴去接夫人。雨把淑女绅士们从院子赶到了大厅里,却多了一层意趣。窗外,雨水滑着落地窗徐徐而下,像多了一层雾帘一样浪漫。男士们油光发亮的头发有条不紊地朝脑后梳着,个个都像范伦蒂诺一样容光焕发,花枝招展的女士们则在男士们的簇拥下显得更加生动而美丽。大家侃侃而谈、其乐融融,时而开怀大笑,时而一本正经地谈论着什么,眼神里散发着全身心的智慧。那天,她就站在走廊里一直等到派对结束,帮墨菲夫人披上雨衣,换上雨靴,小心翼翼地照护着真丝礼服和缀有同色珍珠装饰的高级皮鞋,离开了派对。

玛格丽特忘不了当时甜美的气氛,想到那种场合享受一番的愿望总是挥之不去。墨菲夫人六月份才回来,那还有两个月的时间。她的眼睛不知不觉地移向日历,偷梁换柱的想法终于撕破面

116

纱涌现出来,正在整理墨菲夫人衣柜的手不禁颤抖起来。夫人回国的这段时间,也飞来了几张派对请柬。

"您好！今天天气真不错。"

"啊,您好！"

"初次见面,请问小姐贵姓?"

"比比安。"

"啊,比比安小姐……。"

玛格丽特小姐,不对,比比安小姐在玫瑰香拂弄鼻尖的四月,终于以客人的身份站在了绿色草坪上的名媛淑女间,她不停地鼓励自己一定会做好的。她是手持墨菲夫人的请柬参加派对的。

她小心翼翼地摆出墨菲夫人惯有的姿势,展露出派对前照着镜子练就的妖媚笑容,尽量回避着跟别人直接照面,但又在绞尽脑汁地想着自然融入派对的法子,既盼着别人来帮自己解围、过来搭话,又惴惴不安地担心有人像刚才那样跟自己搭话,因为自己又要撒谎。

尽管穿着墨菲女士漂亮的晚礼服,又到美发店精心地盘起了头,可玛格丽特对自己一点信心都没有。为了放松,她独自坐在别墅花园边上的褐色藤椅上,小口地抿着服务生用银盘端来的饮料。

离她不远的地方,两位年轻的男士和两位优雅的夫人围坐在一张圆桌上谈天。

"各位也知道,我来这儿之前在纽约证券交易所工作过四年。在那里,我挣了不少钱,也见识了很多场面,可以说我是幸运的。但在那个谣言与投机乱舞的圈子里,谁也不敢保证幸运能够持续到什么时候,于是为了寻找人生的新起点,我来到了新天地

117

上海。"

"噢,原来如此。"

"到这儿,我发现上海真是新天地,只要自己努力,没有办不到的事情,上海真的有希望。真抱歉,只有我一个人在啰嗦,让两位女士见笑了。"

"没有呢,您客气了。"

"我要是觉得亲切,就收不住话匣子,请多多体谅。"

察觉到了自己的得意忘形,那个青年抱歉地起身向前面的客人行礼。此时,隐隐传来美国风行的爵士音乐。天际已被染成粉色,霞光洋洋洒洒地铺在人们的身上,花园里弥漫着早开的玫瑰花、黄色水仙花和李子花散发出来的美妙香气,女人们不禁发出阵阵赞叹。

玛格丽特看着人们沉醉其中,一个人无聊地端着第四杯鸡尾酒。不知什么时候,要强的她从自卑的阴影里走了出来,反问自己为什么不能合群,又为什么提不起勇气。院子里到处张灯结彩,斑斓的舞灯让一切都虚幻而美好,酒让她感到了脸颊上的热度,她知道最自然最好看的腮红一定已经长在了脸上,舞曲悠扬,触动着心弦,她的脚趾在鞋子里不禁合着节拍跳了起来。

"我叫罗伯特,请问小姐芳名?"

声音的主人正是那个曾经在纽约证券交易所工作过的年轻人。

"我叫……比比安。"

"啊,比比安小姐,您从哪里来?"

"纽约。"

"原来我们是老乡,我也是美国人。我注意您好长时间了,能请您跳支舞吗?"

罗伯特非常绅士地牵着她的手滑向了舞池,啊,一步之遥,她从圈子外走了进来,比看着还令人心醉神迷。罗伯特带着她旋转、旋转,闭上眼睛,就这样永远继续下去吧!

从那以后,玛格丽特的心里满满的都是绚丽的派对,三天前对自己的承诺——只去一次填补人生空白——变得没有了分量。她要面对的不仅是近在耳畔的优雅乐曲的吸引,更是一封封新来的请柬摆在那里发出的蛊惑。

艾思特哈屋斯酒店的派对是从六点开始的。

酒店毗邻外滩,大厅从地板到天花板用的都是深褐色木料,装饰得优雅得体,显得庄严无比。跟上次一样,身着西装的男士们个个容光焕发,用薄纱质晚礼服和各种宝石装扮的女士们无不光彩照人。

服务生也是优雅地在布菜,金色刀叉整齐地摆放在碟子两旁,置于餐桌上的器皿华丽得仿佛某个王宫宴会。玛格丽特满带微笑看似漫不经心地环顾四周的人们,她知道在座的客人中,有些人比别人确实优越一些,但有些人则是金玉其外,败絮其中。

晚宴后,人们三五成群地走进宽敞而幻美的舞池。她的身边,一位身着金色礼服的女士正在缠着旁边的哥哥跳舞,可哥哥的酒分明过了量,沉浸在与旁边那位醉友的夸夸其谈中,冷落了骄傲的妹妹,气得妹妹扬言回家告状,倒把那俩醉酒的男人逗乐了。

玛格丽特还会发现一些有意思的事情。人们说的话似乎跟在美国不同,美国的英语有些大杂烩,各种方言都有;但这里的英语远比美国正宗,都是或者说都在努力发出独特的英式英语,用英式英语的人们好像也有些看不起不懂英式发音的人,玛格丽特觉得自己也应该用这种发音,以前墨菲夫人的很多朋友都是英国客人,她也因为无聊、好玩自个儿练过。她也不知道是不是自己太敏感,感觉那些服务生对说英式英语的人会更加殷勤。

在那个派对上,她再次遇见了在上次派对上认识的罗伯特。用餐的时候,她并没有发现他,跳舞的时候,他却突然冒出来了。

"比比安小姐,我们又见面了,可以赏我一支舞吗?"

"罗伯特先生,您好。"

第二次见面,玛格丽特的心就被罗伯特牵走了,脑海从那些荣华的舞会定格在他俩旋转对视的瞬间,她不停地回味,上百遍后依旧心旌荡漾。罗伯特同样激情澎湃,没过几天,就让仆人送来了热情洋溢的玫瑰花和陈辞恳切的约会信。约会的时刻一分一秒地来临,玛格丽特从期待变成焦虑再变成破釜沉舟,索性闭上眼睛跟自己的内心对话,一直到出门的最后一刻。她不想让自己的着急写在脸上。

摆在罗伯特面前的这张精致的脸,美得让人情不自禁,就是那双眼睛,浓密的睫毛下那双明亮的双眸,似乎总在躲闪着什么,褐色的眸子里本来应该是轻盈得像跳舞,这会却像是装满了心事,有些不能自已的悲伤。这忧郁让罗伯特更加如痴如醉、爱不能释,但也让他有些不安。

玛格丽特担心罗伯特投机工作的朝不保夕,也能够感觉到罗伯特内心深处的叹息声,但是,突如其来的爱情就像是一根无影无息的绳子,牵着她的鼻子往前走,她别无选择,也不想去思考什么选择,爱情是如此美好,让人毫不犹豫地拒绝了理智,该来的就来吧,那是以后的事情,即便子虚乌有的比比安谎言随时可能被揭穿。

虽然如此,他们俩彼此的心已无法控制地被吸引了,可都对自己的存在感到不安。他们也许是真正爱上对方了。

但是,有一个事实就是,十五天后,墨菲夫人就要回来。

那天,她认识到这将是自己的最后一场派对,但是,盛装参加并不是因为对派对的留恋,而是觉得要回到玛格丽特身份需要的最后仪式。她是比比安,那这就是告别的派对;她是玛格丽特,这更是美梦醒来的时候。最后,她觉得自己有必要与罗伯特摊牌。

派对开在一个大富豪的别墅里。听说,派对的东道主并非是别墅的主人,而是主人的一位建筑商朋友。他根据主人的个性与爱好设计了这幢别墅,又很是自豪自己的杰作,于是借这个地方开了派对。

因为是比比安的最后一场派对,脸上的笑容难以掩饰心中的忧伤,再怎样自我劝说也难以从低沉中走出来,最后索性逃到了屋外。

整幢别墅由正在开派对的温馨主楼和三四个小楼以及一个如画的大花园组成。花园里虽然亮着路灯,但还是有点暗,她沿着花园里的小路漫步到了一片松树林里。

那里有三四个石墩,她用手摸索着一个,轻轻地把身体挪到那上面,一声长叹从胸中徐徐而出,抑郁也跟着疏散了那么一点,今天晚上没有月亮,十几步的距离就把自己跟那个熙熙攘攘的贵族圈子分开了。过了好一会,黑暗里,她突然发现旁边两米远的地方坐着一个人,虽然吃惊,还是若无其事地用掺杂英式发音的英语打招呼。

"您好!在外边待着呢?"

"是的,您好,小姐!"

借着远处微弱的光,她发现对方是一位有些岁数的老人,他是来参加宴会的吗?她有些好奇,同样的疑惑似乎也写在老人的脸上。

"现在不是在开派对吗?"

老人微笑着说。

"是的。"

"可您怎么出来了,不开心?"

"我想出来透透气。"

"啊,是吧。我叫布朗。"

"我叫比比安。布朗先生,您住在这里吗?"

玛格丽特继续操着英式英语问。

"我曾经是这里的管家,现在老了,主人留我在这里过后半辈子。"

"哦……"

老人亲切安详,玛格丽特突来的紧张渐渐消失。尽管两个人才见面,但并肩坐在石墩上望着前方的灯火辉煌的建筑,玛格丽特一点也没有不自在,就像是很多年前坐在爷爷身边一样自然。

但是一旦开口,她就得戴上比比安的面具,她说上海真好,比

122

在纽约好多了,上海还会越来越好。

"是啊,那就在上海多待一阵吧,也可以在这个别墅多待些日子。"

"不是的,我只不过是受邀来参加派对而已,怎么可能长期待在这里呢?"

"喜欢这个别墅吗?"

"是的。我见过很多美丽的城市和漂亮的房子,可这个别墅很特别,这里的一切设计都像是要与周围的环境隔离开来,进了这个院子,人就放松下来,再到屋子里,更像是到了梦里一般,每个人都是梦里的王子、公主,什么都不用担心,只是要快快乐乐地享受生活。就算是现在,坐在这里看对面楼里的灯火辉煌,心中的包袱都能一散而尽。"

"小姐,你才多大,又这么漂亮,还有什么包袱?"

"布朗先生,我知道我这么说很唐突,可是……可是我爱上了一个人。"

玛格丽特的脑子里又满是罗伯特了。

"我整天在想他在想什么,他在怎么看我。"

"如果小姐这么喜欢他的话,他也会把小姐珍视为世界上最可贵的人。"

"布朗先生,不对,大伯,我可以这样叫您吗? 我有件事情想和您坦白。"

她满脸渴求地望着老人,她需要一个倾听的人。

"当然可以,小姐愿意叫什么就叫什么吧,你想说什么事情呢?"

玛格丽特仔细一听,老人用的才是真正的英式英语,在他面前,自己的冒牌英式英语就像是一个小丑,那一瞬,她想钻到地缝里去。

"大伯,其实我是美国人。不管我怎么模仿英式发音,大叔大概已经听出来了。"

"嗨,没关系。到上海的很多美国人都是这样的。"

"还有一个是……"

"继续讲。"

"我现在最难过的是……"

尽管有了这样的开场白,比比安也开不了口,除非大醉之后,要不然太难了。

"尽管说好了,我会努力帮你的。"

老人再次用温暖的声音说道,亲切的目光里满是真诚的关切。

"罗伯特先生邀请我明天去上海赛马场,大伯您去过那里吗?"

"是的,以前跟老爷一起去过几次。"

"去那种地方,我应该穿什么样的衣服呢?我从来没有去过,不知道应该穿什么。"

"比比安小姐的这个问题,让我想起至今还记忆犹新的一位女士。"

"是不是一位高贵的太太?"

"不是,她与你年龄相仿,是我在赛马场上见过的最优雅的女人。"

"……"

"在那里,很多女士都在夸耀自己昂贵的服饰和先生的家族地位,她却穿着朴素的棉礼服,话很少,从里到外却散发着一种高贵的气质,她投入地观看着表演,眼睛里满是激情,仿佛赛马场上是她最亲最关心的人在那里表演。她给我的印象

124

太深了。"

"她是不是非常漂亮?"

"是漂亮,但比不上您,比比安小姐。但我记得她是最漂亮的,既优雅,又端庄。我觉得这是因为她虽然年纪不大,但是自然、坦率,从不做作。"

玛格丽特感觉自己的心思好像被老人看穿了似的,不禁偷偷抬眼看了看他。

"年轻人,一切都会好起来的。派对也好,赛马场也好,千万不要一味追求虚荣,实实在在地展现出最真实的自己就好,你心地善良,一定会有很多人喜欢你的。"

"……"

她不知道该说些什么。

"孩子,加油! 真实的自己是最有魅力的,您完全有资格信心百倍! 我还很想知道明天你和罗伯特的约会结果,改天你来告诉我,好吗?"

"当真吗?"

"当然了,我会惦记着你的。"

"不过,我以后大概不会再到派对来了,我怕见不到您了。"

"我们不是一定要在派对的时候才能见面啊,只要您有空,反正我是住在这里的。"

比比安好长时间没有这么轻松了,就像是卸下了一个包袱那样真实的轻松,以前的日子每天都是这样的,自己竟然浑然不觉那种幸福。

她没有赴罗伯特的约会,放弃了去赛马场。虽然脑子里满满的都是罗伯特,可另一个声音在敲打着自己的尊严,玛格丽特你想承受谎言被拆穿那一刻的耻辱吗? 如果你有足够的勇气承担,那就可以继续自欺欺人！罗伯特要约会的女人根本不是自己,而是这个世界上根本不存在的富家女比比安。

她一遍遍地用罗伯特发现真相后的眼神刺激自己,他先是惊愕,继而虚伪地掩饰,做出一副绅士的宽容大度,再接下来就是找个借口抽身而退。她还告诉自己,这不是想象,就是继续下去的冰冷事实。在"事实"面前,她慢慢沉静下来,一切错误的缘起不过是自己的好奇与虚荣,罗伯特没有错,现在能做的、该做的,就是自己离开。她突然想起了那位老人,她多想再跟他坐在一起,在黑暗里,告诉他这一切真实,从那以后,一切都像大雨过后,冲洗掉一切痕迹,她也重新开始自己的生活。

她想出来溜达一圈,不要让自己的神经被这些事情缠绕得太痛苦,不知不觉中,竟然到了那栋别墅院前。大门敞开着,下午的院子显得格外安宁,她禁不住往里面走了去,看不到任何看家的人,她觉得奇怪,但是太想见那位老人了,她没有多想其他的。

"比比安小姐,你终于来了。"

就跟做梦一样,老人坐在那里,旁边放着一副拐杖,很热情地招呼她。

"大伯,您在呢。"

她激动得差点掉下眼泪来。

"我说好在这里等你的,每天都在等你。"

老人指了指座椅旁边的空座,示意她坐下。

"比比安小姐,最近都好吧?"

"大伯,那天我没有去跑马场。"

"怎么? 那天不舒服吗?"

"不是的,大叔,我不应该去……"

一颗晶莹的泪珠滑过右腮,静悄悄的。

"为什么呢,孩子?"

"大伯,我不是什么比比安,是墨菲夫人的秘书玛格丽特,最近我之所以能够参加派对,是因为墨菲夫人去了美国,我是拿着夫人的请柬来的。"玛格丽特咬着牙一口气把所有的事实说了出来。

"你是说经营英文报纸的那位墨菲夫人吗?"

老人惊讶地问。

"大伯,您认识夫人?"

"见过几次面。"

"我没有赴罗伯特的约会是因为我不能继续自欺欺人了。这段时间,我无法跟任何人交流,我担心自己哪一句话说错了,就可能让自己陷入被揭穿的尴尬中。在这段日子里,虽然我参加了派对,但只有您让我感到放松、亲切。"

"孩子,别这么说,我还要感谢你信任我,跟我这个老头说这番心里话呢。"

老人的语气非常温和,她能感受到真诚的温暖。

"墨菲夫人不在的这两个月里,我参加过好多次派对,总是兴奋与不安参半,兴奋的是我摇身一变成了上流社会的一员,体会了什么叫贵族;不安的是,谎言让我很累,我唯唯诺诺,不敢乱说一个字,唯恐事实大白,我就像小偷当场被抓一样永远没法见人,而且还会给墨菲夫人丢脸。那天晚上,也是因为担心困扰得自己太痛苦,所以离开了人群才能见到了您。"

"比比安小姐,不对,玛格丽特小姐,我那天跟你讲过的马场上的那个朴实而又自尊的女士,你还记得吗?"

"嗯,记得。"

"你虽然不是她,但我觉得你同样可以成为那样一位受人尊敬的女性,每个人都会走一些弯路,做一些后来看起来让人不屑的事情,但每个人都会经历。可能经过这件事,你就会知道比华丽的扮相更重要的是对自己人生的骄傲和正直。"

老人平静地说完了这些话,安详地看着她,微笑着。

十天后,墨菲夫人回来了。但墨菲夫人带来的消息是,夫人一家要整理上海的事务搬回纽约,如果她愿意,就一起回纽约,如果不愿意,她就留在这里继续发展。

"我想再在这里待一段日子。"

墨菲夫人走后,她在公共租界里的一家洋货店找到了新工作。她每天都很努力地工作,到了周末就去别墅见那位老人。时间长了,两个人就成了忘年交。玛格丽特会开诚布公地讲自己遇上的问题,老人都会一言不发地听着,然后告诉她,自己的经历和她应该面对的态度。

一个星期天,她跟往常一样去花园探望老人,可是老人不在。到了下个星期天,她又等了他很久,可是还是不见他的影子,偌大的别墅里也找不到一个人,她只能写了一封担心的信,塞到别墅房门的门缝里,她想,最多也就是感冒了吧,一定没事的。

两个月里,每到周末她都会去院子里等他,可是老人都没有出现,也没有看到其他人,直到最后,一个年轻人到店里找她。

年轻人递给她一个小匣子,一张粉绿的绒布信封上放着一串钥匙。

玛格丽特小姐：

　　看来我是病了，虽然很想见你，可是总也不能下床，更不用说出门了，所以，请你原谅我不能赴约。

　　最后，我有一件事要跟你坦白。

　　请原谅我一直没有实话实说，我第一次见你说是别墅的前任管家，一直到现在才跟你坦白，但是，我不是故意要骗你，只是担心实话来得太早会影响我们之间的默契，就总也不忍心打破。

　　那串钥匙是这个院子的所有钥匙，以后我不在了，你随时都可以来这个花园坐坐，里面的所有一切都会像见到主人一样欢迎你的。

　　如果生活不如意，心情不高兴，或者再次发生我们第一次见面时那样难以启齿的事情，亲爱的孩子，你不要难过，人生总会经历各种事情，相信你一定会处理好的，我也会在世界的那一端为你想办法的。

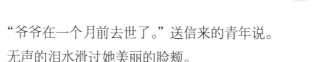

"爷爷在一个月前去世了。"送信来的青年说。

无声的泪水滑过她美丽的脸颊。

中 国 的 女 儿

晚宴开在沙逊别墅的中央大厅里。我发现叔叔后,急切扫视他周围的每一张脸,终于看到了站在角落里跟人交谈的一个头发花白的老人,那一刹那,我惊呆了,一动不动,浑身却起满了鸡皮疙瘩。他不是别人,正是我连日里梦到的父亲!

我一眼就认出了他,但父亲确实苍老了很多,我记忆中的那个英姿飒爽的军官父亲,变成了一个两鬓苍白、有些驼背的老人了,我站在这么远的地方都能看到他嘴角的两条深深的八字纹。惊慌中,手里的东西滑掉了,我仓皇地转身而逃。慌不择路,在走廊里与我的上司亨利撞了个满怀。

"李清小姐,出什么事儿了?"

看我一反常态,亨利吃惊地问。我还沉浸在父亲的那张脸中,径自跑下了台阶。

啊,父亲!

这么多年,我牵挂、我怨恨的父亲,就这样出现在我的面前,就像这些年一样,我一个人难过,他仍旧一无所知地跟别人轻松聊天,命运之手轻松地拨弄着我的生活。我哭着跑出晚宴后,两天没去上班。

我十三岁离家出走后,很长一段时间里都在恨着父亲,恨他没有保护好母亲,恨他把我扔在那个地狱般的家里不闻不问。如果父亲像以前只有我们三个人生活的时候那样爱护我们,既不会有生活的种种劫难,更不会让我失去最最亲爱的母亲。

记得小的时候,父亲是一位英勇的军人。我虽然没有亲眼看过父亲打仗,但父亲是东北赫赫有名的军阀。年轻的时候,他的部队在战场上所向披靡,战功赫赫。我和母亲也跟着南征北战的父亲搬过好几次家,但是,母亲是父亲的第三位夫人,也就是姨太太。

曾经有段时间,父亲离开自己的部下,在天津过着半隐居的生活。当时,只有我和母亲陪伴着他。对父亲来说,卸下戎装的日子都是失意和痛苦,但对我而言,那却是至今最美好的生活。

我的童年跟六个母亲、十五六个同父异母兄弟姐妹的恩怨紧紧相连,那么多人挤在一个大宅子里,每天一睁开眼就"战争"不断。

虽然母亲也是其中之一,可我恨那些姨娘们。她们勾心斗角、明争暗斗,没有母亲的慈爱、妻子的贤德,虽然住在同一个屋檐下,却更像不共戴天的仇人。

但母亲的突然去世,让我无法继续在那里生活下去。那时,父亲正带兵在东北打仗,好久没有回来了。没有人告诉我母亲为什么突然就死了,我想母亲不会扔下十三岁的我不管的,她一定不是自杀的。

姨娘们说我还小,连最后一面都没有让我见。我哭哑了嗓子,也没人可怜我。父亲不在家,母亲就这样悄无声息地没了,家里不明不白地少了一个争宠的姨太太,换来了几天表面上的安宁日子。

之前,妈妈似乎感觉到了什么,她嘱咐我说:

"清儿,如果家里发生什么变故,或者妈妈不能再帮你的时候,你马上离开这个家。"

"妈妈,我们一起走。"

"妈妈也想跟你一起走,不过也可能走不了。你以为父亲愿意离开一家人到处打仗吗?"

以前我也听过这样的话,我知道这个复杂的家可能不会让我们继续呆下去,但我没有听出妈妈的弦外之音。妈妈叮嘱完的第二天就那样没了,我看着五个姨娘打着哑谜忙丧事的样子,我既盼望父亲能够回来,又恨他,恨他没有保护好妈妈。

在六位夫人中,父亲最宠爱妈妈,妈妈是三姨太,在母亲之后,父亲又娶了三房姨太太,我慢慢发现,每当父亲离开家一段日子,回来的时候就会多一房姨太太,有的时候还会多个弟弟或者妹妹。

母亲最漂亮、最聪明,父亲最喜欢,有时边防战事少,长期待在家里,父亲就经常带着我和母亲参加应酬,母亲是父亲最得力的贤内助。父亲的宠爱,让母亲成了其他五个女人共同的靶子,不管母亲如何讨好她们,都换不来她们的接受。母亲是被孤立的,在这个大家庭里,有些仆人都敢对母亲出言不逊,母亲又总是仁厚地包容了这一切,也许就是这样的好心地,让她们得寸进尺。

办完妈妈丧事后的第三天,我反复咀嚼妈妈的遗言,趁着夜色离开了家。

我从东北逃到了上海,上海跟我和母亲曾经住过的天津租界有点相似,但更大更繁华。

十七岁那年,经过层层面试我进了新沙逊洋行。当时我还小,只能做最底层的职员,但我毕竟小时候受过一些新教育,跟着父亲又参加过很多应酬,所以很快就适应了公司的生活。上班的时候,每天跟外国人打交道,我又很快学会了基本的英语交流。

虽然我的工作是最基本的打杂,但我始终以母亲做事时的认真、沉着模样鼓励自己,不久,我的工作就得到了上司的认可,三个月后,我成了房地产投资部的一名打字员。打字员需要为很多部门服务,我在打字的时候,总是用心地去记各种信息,慢慢地,我对建造一幢大楼所需要的建材、设计、时间等各方面有了一定的理解。

生活告诉我,老祖宗说的话都是哲理,"功夫不负有心人",十年之后,我进入公司的核心部门之一的财务部成了一名会计。

有一天,在准备公司的一个宴会时,我发现这次邀请的都是全国各地的军官。当年,外商宴请中国军官,不算什么稀奇事。

沙逊老板从欧洲低价收购大量的"一战"遗留下来的武器,用蒸汽船运送到上海。为了销售这批军火,他开始这单生意中最关键的一步:公关各地军阀。那天,我受上司亨利的指示努力做好各个服务细节,猛然中,我先是看到了父亲的结拜兄弟进成叔叔,上次见他的时候,他还是三十多岁的将军,可现在已经见老了。见到他的那一刹那,我感到了一股凉意,眼睛却不由自主地在宾客中寻找父亲的影子。

　　不知过了多大一会,我终于发现了头发已经花白的父亲。啊!父亲。我没有马上认出仅仅十几年就变得如此苍老的父亲,父亲估计也连梦里都不会想到已经成人的我在这里操办宴会。

　　十几年里,我一直恨着父亲。身为丈夫,他的妻子死得不明不白;身为父亲,他对我没有尽到应有的责任。母亲死了以后我出走,即便当时他不在家,后来得知后,他找过我吗?我一直恨着父亲的淡漠。

　　他既然不顾我们母女的生死,只在乎自己,那就应该比以前更加伟岸啊!可怎么会变成这种样子呢?在过去十年间,无情得连自己离家出走的女儿都没有找过的人为何变得如此苍老?

　　对父亲的怨恨与怜悯叫我无法入睡,父亲的衰老告诉我这十几年他过得并不如意。十年来,军阀混战,战争不断,间谍、叛徒、战争的失利和爱将的流血牺牲,一定是他最多经历的事实。

我从一个孩子成人历经生活的心酸,父亲作为一个战乱年代的军阀,比我要苦得多,而且,最能理解他的我的母亲也不能宽慰他了。

　　记得我小时候,多年的患难兄弟一夜间叛变投敌,父亲暴跳如雷。可是温柔的母亲就安慰他,要"换心",站在兄弟的角度上去看事情,也许他是身不由己,那就应该原谅他;也许他是故意为之,那就不值得生气。父亲在母亲的柔柔细语中,大多会平静下来,但母亲最终没有安抚好其他姨娘的敌意。

　　第三天的时候,上司亨利来看我,我激动地跑出宴会后,已经旷工两天了,他很担心我。在他的关心面前,我不能不说出自己的私事。

　　"我在晚宴里见到了我父亲。"

　　"父亲?"

　　"那天来宾中,东北的一个军阀是我的父亲。"

　　"我不明白,能说仔细点吗?"

　　"我是那个军阀的女儿,已经十二年没有见面了,那天的相逢太出乎意料,我有点接受不了。"

　　亨利用眼睛鼓励我讲完故事后,向我保证会尽力帮助我和父亲。他偷偷地挑选了几种最佳性能的武器,免费提供给了父亲,而其他军阀们却高价买走了那些在欧洲已经淘汰的大量古董武器。

　　"李清小姐,我有个条件。"

　　"您说,我都答应。"

　　"我可以帮李清小姐,可你一定要替我保密。自从我迈进这家公司以来,这是我第一次违规办事。"

　　这不是亨利对我的卖乖取好,他确实是一名对公司忠心耿耿的好员工。

　　我在宴会厅里远远地见过父亲后，他就离开了上海。我没有与他相认，他也不知道曾经与我近在咫尺，我不知道是对是错，只是在工作间隙望起窗外的时候，不禁会想父亲现在哪里呢？身体还好吧？什么时候能再重逢呢？

　　日子像流水一样、像天际的云朵一样悄悄地远去了。几年后的一个秋天里，从东北传来了突然爆发"九一八事变"的消息。日本攻陷东北后，利用废位二十年的前清皇帝溥仪建立了傀儡政权，于是蒋介石中止北伐撤回了南京，父亲就是在这个时候去世的。

　　父亲的离去让我的恨一下子了无踪影，我甚至为上次没有与他相认而后悔，小时候父亲是很疼我的，现在，世界上只留下了我孤零零一个人。母亲早早去世后，虽然不知道父亲在哪里，但我心里知道自己不是孤儿，如果我去找到父亲，他不会不管我，可是现在，父亲也永远地不在了。想到这里，我就变得沉默寡言。

　　"李清小姐，别难过了……嫁给我吧。"

　　亨利已经求婚几次了，这次我没再犹豫。虽然父母也有过幸福的生活，可是，母亲的突然死去还是让我对婚姻退避三尺，但是，当父亲离去、世界只有我一个人独自面对的时候，我的固执屈服了。

　　东北在日帝的铁蹄下非常混乱，可上海的发展却蒸蒸日上，期间虽然发生过"一·二八事变"，可总体上上海的水平却是位居世界前茅，我们的沙逊老板在上海也是威力冲天。

　　曾经有过这样一件事情，国民党政府打算在外滩建造三十四层高的中国银行，地址就定在我们公司旁边。但沙逊老板以在英

136

租界盖高楼、会影响周围建筑的采光为由,把官司都打到了伦敦。最后,国民党政府只好妥协,楼高从三十四层降低到十六层,比毗邻的我们大厦低了三十厘米。沙逊老板在上海的气势压过中国政府,只要是能赚钱,他什么都敢做。

抗日战争爆发后,太平洋战争也开始了,沙逊老板知道租界也保不住自己了,只能暂时缩减在中国的事业,把资金转移到了国外。战争给善于投机的商人带来了巨额利润,但也有他们无法逾越的障碍。

抗战结束以后,沙逊老板把上海的公司搬到了香港,在上海只留下了一家分店,大量缩减其业务领域后,又大量出售了很多地产和股票,这些都是由我先生领着公司的几个骨干去做的。

当时,我见过很多趁火打劫的人,国民党的"皇亲国戚"和政府要员也无不例外,他们的贪欲昭然示人,毫不掩饰,种种腐败在国民党政府没落之前达到了极致。

国共内战以共产党的胜利结束,新沙逊洋行把在香港的总部迁到了巴哈马群岛的拿骚。我和亨利也跟老板来到了拿骚,一直到 1961 年沙逊老板在那里去世。

老板的葬礼结束后,我对亨利说:

"作为你的妻子,我知道你对老板非常忠诚。"

"不让我的忠诚动摇的人是你。"

"因为父亲的事,我求过你一回。"

"我以这件事为前车之鉴,对老板更讲信义,这也是我能为所爱的人努力能做的事情。"

逐渐地,我到海边眺望彼岸中国的时间多了起来,记录着我的青春艰苦岁月的上海、我离开时乱到极点的上海,现在是什么样子呢?

　　向茫茫大海望去,父亲的脸挂在水平线那一头的天际里,他在云端向我微笑,旁边还有我的楚楚可怜的母亲。

　　在窗口一样的海面上,出现了沐浴着清晨的太阳、认真拖着地板开始新一天的小姑娘——那个我,接着,我想起了婚后与亨利度过的幸福日子,眼前又浮现出美丽的上海,公司门前马路上熙熙攘攘的人群,晚霞中俯瞰外滩的自由女神……

　　因为爱,亨利为了帮助我父亲有违操守,除此之外,他从未违背公司规定,一生对沙逊老板忠心耿耿。在沙逊老板去世后的第二年,他也在拿骚安息了。

金焰,我的爱

老天爷终于回应了我的祷告,我给他写的那封信,就要搬上银幕了。

该有多少影迷给他写过信啊? 他能看我这个平凡女孩写的信吗? 我不停地怀疑自己。终于有一天,我凭借着刚看完他的电影的冲动,把心中的全部热情和想法倾泄在纸上,没敢回头看第二遍就塞进了邮筒里。

两年后的一天,我看到一篇报道:一个女影迷写给著名演员金焰的信激发了一位编剧的创作灵感,从而诞生了一部新影片,电影的名字叫《三个摩登女郎》。啊?! 这不就是我吗?! 这是真的吗? 突如其来的惊喜让我不知所措,金焰,你看了我的信? 而且是认真地看过! 泪水悄然而下,我品尝着这幸福的泪水感慨自己的幸运。

金焰是我和我所有好朋友的偶像,而且我们公司男职员和年长的人们也喜欢他,觉得他既可爱又值得骄傲。听说,金焰要出演的《三个摩登女郎》的男主人公原型就是他本人,那么我是不是有机会演女主角呢?不对,即便别人演,我不也得去跟演员说明一下自己的想法吗?那会感动更多的观众啊!

我得去见见他,天赐良机,如果我不珍惜这样的机会去拜见一下他,将来一定会后悔的,而且,我最了解这个电影,说不定对他有用呢。有了这样冠冕堂皇的理由,我立刻下定了决心。对,去上海! 去找金焰!

多么美妙的时刻啊! 我居然能见到他。可是,他能知道我就是写那封信的女孩吗?怎样才能证明给他呢?除了我,肯定有不少姑娘给他写信啊! 嗯,对,我得给他看看我的笔迹。

下定决心以后,我就开始准备。幸好平时过得节俭,还有点积蓄,路费还不成问题。我去买了一件粉色连衣裙,那是早就看中的,但一直没舍得,碰上这么重要的事情就可以名正言顺地破费了。还有妈妈一直不允许我做的那个卷发,既然是与金焰见面,当然不能丢我们家的脸了。

我千百次地想象着自己与他见面的那一刻,我会不会穿得太土气?又或者太洋气?我会不会太紧张,弄得他很烦?我该跟他说什么呢?他能明白我的心意吗?知道我有多爱他吗?……

第一次“见”他是在《野草闲花》中,我完全被他英俊的脸庞、生动的表演打动了,看他不能与自己心爱的女人相爱而苦恼的样子,我心如刀割,他怎么连苦恼的样子都那么吸引人呢?

我不怎么喜欢男人,可他除外。他有着介于东西方之间的美,弄不清楚他究竟是好莱坞的,还是中国的。不对,简直无法用语言表达。我想为他做一切,也想靠近他,这让我不能自拔。真想任何时候都跟他在一起，是啊，我的心早就跟他在一起了。在看到他之前，我都不知道自己还有这样的一面。他也许在让我瞧不起自己，在此之前我从来没有对男人动过心啊！

因为他，无聊的夜晚变得熠熠生辉，清风吹来，我喃喃私语，想象着风儿把我的思念带给他；皓月当空，我遐思迩想，祈祷着他的事业能够始终发达成功；躺在床上，我还是久久难眠，我想象着与他上午、下午还是晚上见面时，他会刚刚经历了什么，我又该怎样让他不讨厌我。有的时候，我也想，我要疯狂一次，我只要当着他的面说："我——爱——你，金焰，我爱你！"然后，我就消失。

看到了那篇报道，金焰似乎从我的单相思走到我的眼前，我在心里不断地痛骂自己，为什么只要有他的新片放映，你就像与他重逢了一样脸红心跳？为什么要围着人家的一言一行喜怒哀乐？人家根本就无意去影响你的人生！你为什么一定要单相思？你真的很无耻！

可是，越是责怪自己，就越是喜欢他，越觉得自己渺小，孤独的日子里，孤注一掷的我开始燃起熊熊火焰，让我不能自持。

是啊，我不能再隐瞒自己的感情了，我要去找他。

我终于到了上海。

我听到心在咚咚咚地跳，我咬住下唇，闭上眼睛深呼吸，努力静下心来从一开始数数，我不停地想象爸爸那张镇静的脸，可是一切都没用，我的手在哆嗦，脑子里一片混沌，原来想好的思路都没有了。

下午三点在茶楼。我写信约他的时间是四点。他要是没有收到那封信怎么办？他要是不出来怎么办？收到信了，不知道是我写的，可能不出来；即使知道了是我写的，也可能不出来；可能因为拍片出不来，病了也出不来，也可能因为别的事情不能出来。

求求你，金焰，来吧！你一定会来的，一定会的！我在茶楼里，正襟危坐，随时准备着金焰的出现，可是，内心深处，我还是在劝自己，他不来才是应该的……

盯着茶馆里的钟表，仿佛听到它每一秒钟的滴答声，长时间的紧张让我觉得有些恍惚，我是在等金焰？大名鼎鼎的金焰？是的。金焰，你一定要来啊。窗外树影斑驳满地，我数着能够看得到的树叶，对自己说，单数就来，双数就不要等了。

已经过四点了，树叶把我数糊涂了，我望着杯里的绿茶，突然觉得自己很荒唐。我真傻，简直就是执迷不悟，一厢情愿，不见棺材不落泪。一丝冷笑划过嘴角，眼睛却很酸涩，自己丢人也就罢了，如果让别人知道，父母都要被人笑话，我对得起谁呢？

想到这些日子里热烈的期盼，我更加痛恨自己，真想找个没人的地方给自己两个耳光，把自己敲醒，但又觉得委屈，泪水不禁决堤而下，好在，我坐在角落里，没人看到我的失态，任它肆意流淌，随性发泄，心绪倒也渐渐平静，上海之旅就要结束了，我再也不会庸人自扰、无中生有了。我站起来往门口走去。

不！那是谁？金焰！那是金焰！门口外，他风流倜傥，笑容可掬，亲切自然地向我走来，就像是冬天里的阳光，又像是夏夜里的清风，我傻傻地站在那里，看着他从银幕走过我的身边，看着他环视一周以后，找了一个座位坐下来，告诉服务生要等人。

我用右手掐了一下左胳膊，疼的，再看看，身边的那个英俊的男士，我日思夜想的金焰，是真的，是真的！我闭上眼，镇静了十秒钟，向他的座位走去。

我心中的星星

"娘,你带我走吧,我累……"

我在心里默默地千万遍地呼唤着娘。

"娘、娘、娘……"

晚饭后,我已经在机器前整整熬了六个小时,不停地重复伸腿缩腿的动作。机器在不停地嗡嗡转,我们也要跟着它不停地工作。

"娘,我累……"

"娘、娘……我快要死了。"

两年前我六岁,就到了这里。这是个纺纱厂,卷纱的机器在不停地转,我的眼皮却怎么也抬不起来。我的意识告诉我,要把它从下眼睑上提起来,可眼球在努力挣扎着动,眼皮却总也直不起腰来。每当这个时候被作业班长看见,就免不了一顿被那根尖头木棒猛扎一顿。

"他妈的睡着了！把机器盯好了！"

我经常被那根尖头木棒扎醒。第一次挨扎，那天晚上就没再打瞌睡，可后来次数多了，就不得不怕疼了，因为实在是太困了。没等作业班长走到另一排机器那边，眼皮又一个劲儿地压下来。车间里又脏又吵，煮棉花的大锅里冒出来的蒸汽像浓雾弥漫在工厂里，我经常要把手放到装着热水和刚煮过的棉花的大盆里干活，一不小心就会烫手，可不管我们怎么小心，危险就跟睡意一样悄悄地靠近我们。

前两天又发生了一场惨剧，一个孩子半闭着眼走过煮棉花的大锅时，大概是被什么东西绊倒了，一头扎进了大锅里，只留下了一声惨叫，一眨眼的工夫就丢了性命。

被煮棉花的大桶烫伤，或在大盆里抽缠纺轮上的线时被开水烫伤的事故，更是时有发生，几乎每个孩子都遭受过。每当那时候，手掌和手指立刻就红肿了起来，有时不仅指甲脱落，手上的关节都会变形。其实避免事故也不是特别难，不要打瞌睡就行，可我们力不从心。

"找死啊，敢打盹！"

走到那边的作业班长又折回来扎我。一天总会被扎几下，有时，他还会用鞭子狠狠地抽打我们，所以腰和屁股上都有紫色淤血，这谁都有，也不觉得特别苦了。

可是每天到这个点，睡意就会没有商量地来找我们，有的孩子说发困的时候，胳膊和腿还像自己的，脑袋就不是了；有的孩子说自己困得变成星星跑到天上去睡了。离换班时间还有五个小时，为了安全也为了不被打，我又开始自言自语地跟娘说话。

"娘，我腰酸腿疼，一到锅边，就头疼得厉害。工厂周围臭气熏天,车间里边更是憋得慌,娘,真有被熏倒的人啊。"

"娘,我刚到这里的时候六岁,可现在不到六岁的小孩儿也很多。娘,我不能睡着了,作业班长又过来了……"

一想娘,就老想起那天的事。我们家住在乡下的小河边,那年夏天下了很多雨,洪水泛滥,冲垮了土地上的所有庄稼。我和哥哥就在那场洪水中失去了爹娘,那真的是一眨眼的功夫。

那时候,眼瞅着大雨还要继续,爹娘就把我和哥哥送到河岸较远的邻居家,想着捞回几件家什,他们又回了河边的家。就在那时,上流的河堤突然坍塌了,水势凶猛,一下子吞掉了我们家。我跟哥哥站在高处的邻居家眼睁睁地看着洪水涌进了我们家的屋里,为我们遮风挡雨的房子,霎时成了孤苦伶仃的几根木头,被冲着流向了下游。可更恐怖的是,爹娘也不见了,就像是回了一个身,等我们扭头过来就没了爹娘。

"哥,我们家没了,爹和娘也不要我们了。"

一切梦魇发生在一瞬间,水退去后,我和哥哥走回自己家,那里已经夷为平地,好像什么都没有发生过一样。我和哥哥来不及悲伤,就面临着呱呱叫的肚子。

邻居家的叔叔把我们交给了一位外来的陌生叔叔。

"村里都受了大的水灾,没有人能养你们了。"

邻居叔叔也是没有办法,河边的农田不是被水冲走,就是被泥沙覆盖了,仅剩的那点谷穗也没有谷粒。

我和哥哥跟上游村子的四个孩子一起,被陌生叔叔带着,走了陆路又走水路,好几天后到了上海,这里与我们长大的乡下完全不同。我们为了看高耸的大厦和五彩缤纷的新鲜玩意,时不时地掉队,总挨叔叔的骂。到上海的那天,叔叔给我们买了饺子,那是我和哥哥自爹娘去世后吃的第一顿饱饭。

"等我赚了钱，也给你买这些好东西。"

哥哥悄悄地跟我咬耳朵。那时，我和哥哥虽小，但都知道我们是来赚钱的。那顿饺子也是我和哥哥一起吃的最后一顿饭。

一个比我们高、长得又漂亮的姐姐在一家挂着红灯笼的大瓦房门口下了车，哥哥紧跟着在一家砖厂下来了。哥哥那时才九岁，但搬运砖头还是能干的。我和跟我差不多大的两个孩子，来到了杨树浦的纺纱厂。

"娘，从那以后我再也没见过哥哥。哥哥不知道我在这里，可我知道哥哥去了哪家砖厂。等我再长大些，一定会去找哥哥的。可是娘，我真不知道为什么这么困，就是想睡觉……我跟哥哥分手以后很害怕，可是听叔叔说我们既不会挨饿，还能赚钱，就忍了下来。刚开始，我们的活儿没这么苦，那时的活计就是给姐姐们打打下手，不是帮她们缠线，就是揪掉线上的球球。过了几个月，几个姐姐离开工厂后，六岁的我们也开始正式管机器，刚开始的时候我好害怕啊。"

第一次时的那种恐惧，谁都得经历。我们刚来的时候，比我大一些的姐姐们不是问我们从哪里来的，而是问我们是从什么地方卖过来的。那时候我才知道，一直到十岁，我干得再苦再累也拿不到一分钱。我又听说，是带我们到这里来的叔叔把我们的工钱领走的。工厂里的姐妹们都差不多，只是给个地方住、给点东西吃能活下去就行了，想要拿钱根本不可能，我们都是被卖来的可怜孩子。

我还忘不了第一次进车间时的情景，蒸汽弥漫的厂房就像烟雾缭绕的灶台一样，姐姐们就在这样一个分不清前后左右的地方穿梭着，在嘈杂的机器和嘎嘎转动的纺轮之间忙碌，看到这个情景我恨不能缩回去，不仅是扑面而来的热气和机器让我害怕，这个地方就像有一张无形的网罩住了我,把我与外界隔绝开,我好像永远都逃不掉。

"娘,想到这里,我现在还想哭。机器特别吵,齿轮转动着就像那些厂长狰狞的笑。我想你,娘,我想哥哥,想着村里的一切,越来越害怕。那天,我一直在叫你,娘,你听到过没?我就想,娘要是没有被水冲到大海里,而是到了天上,就下来帮帮我吧。后来,我发现裤子湿了,冰凉冰凉的,是我吓得尿了裤子。娘,我回过神来一看,在蒸锅一样的车间里,人们站在机器前的样子就像笼屉上的馒头,脑袋就像是插在年糕里的黑豆。这就是车间始终如一的样子。"

我上的是下午到晚上的班,每天工作十二个小时,一天三顿,上下班路上的时间还都不在里面。

我总是困,原来睡觉的时间现在干活,我的意识就总也说服不了眼皮,刚站六个小时,哈欠就一个接一个地打。听惯了车间的噪音,站在一不小心就能截掉手的机器前面也照样打盹,我常常是避开作业班长的眼睛眯上一会儿。听说,我们纺的又软又白的纱将卖到织布厂里,然后也能织出娘以前织过的棉布,可我记得母亲织布的时候虽然累,却没有这么苦,我真是不明白。

有的时候,我自欺欺人地想,机器的声音太吵,班长肯定不知道我在睡。小睡的那会儿最美了,就那么一会,还能经常梦到躺在自己纺的纱堆里睡觉。

"娘你知道我有多困吗?心里害怕打盹时会不小心把手蹭到机器上,可就是控制不住自己,感觉身体就像飘在车间的蒸汽上面似的。每当我半睁半闭着眼睛挣扎在机器和纺轮间时,作业班长就拿着尖头木棒随意地扎我。他嬉皮笑脸地说,扎扎好,打瞌睡的时候如果不扎,被机器吞掉手就不好玩了。"

"这纱也跟着欺负人,我看着它的时候,它不断,可我一打盹,它立刻就断。只要机器空转几下,班长马上大喊大叫地跑过来,我也就被吓醒了,赶紧颤抖着接上线。"

"上晚班最痛苦。一到凌晨三点,机器也好像累了似的特别爱停,我们不停地在机器和纺轮间折腾着,累得半死。"

"娘,这厂里还有些奇怪的事儿。作业班长对我们这么冷酷,可他对几个大姐姐可好了。有的姐姐在机器前打盹的时候,他就嬉皮笑脸地走过去拍拍她们的肩膀,还好心地叫她们去睡一会儿。刚开始的时候,作业班长也用木棒扎过她们,可有一天突然就变了。"

"不过,娘,慢慢就有了些不好听的传闻,别的姐姐们也为此窃窃私语,有的姐姐还因为这样的传闻离开了工厂。她们对我们说,你们还小不懂,长大了就知道了,说着她们会笑。可我很不喜欢这种笑,也不喜欢作业班长肉麻地看姐姐们的样子,一看到他那样子,就像有虫子在身上爬似的可难受了。"

"娘,我的头又开始疼了,我的那些姐妹们也有好几个这样的。有时候,我还恶心想吐,特别难受,熬过去了就算了,有的时候恶心也不能表现出来,要不然就被说是装病挨打。半梦半醒地干到换班的时候,我们回到像猪窝一样的地方倒头就睡,一直睡到下一个换班时间起来,随便塞些东西填肚子,再撑十二个小时。有的时候好几天都懒得洗一次脸,去茅房的时间都闭着眼,娘……"

"夏天比冬天更加难熬。大人说,车间里有四十多度。人们都穿着最少的衣服,还是汗流浃背,会有些虚弱的女孩晕倒,但是抬到旁边休息会儿,醒来还得撑着干。"

晚上,我跟娘说了很多话,睡觉的时候又梦见我们以前的日子了。河边的夏夜很清爽,天上都是亮晶晶的星星,我坐在小板凳上靠在妈妈的怀里,哥哥在一边捉蛐蛐。我瞪大眼睛看了看天上，看到娘在向我招手，她领着我走进了夜空的星星中间，那里放着一张粉红色的、柔软的小床。哥哥和爹也在那里，他们和分手时的模样一样。我感觉着娘的温暖，再次沉入了睡乡。

每当梦见娘后，我就对朋友说：

"等攒够钱，我想跟哥哥回去重新盖个房子。"

"我想要个上海一样的大房子，院子里长着大树，种着花草，还有鹦鹉和金鱼。到那会，我们只是白天干活，晚上只睡觉，要一张贵妇人那样的大床，躺下去就是一个窝窝。可是我们得干多少活，赚多少钱才能住上那么好的房子啊？"

我知道，那样的大房子只是说说罢了，不过，我和哥哥一起攒钱的话，重新盖一座老家河畔的那套小屋应该还是可能的。

不过，我们现在还拿不到自己的工资。陌生叔叔把我们交给工厂的时候，说我们一年后可以拿到工资，可是厂里的人说那个叔叔先领了一大笔钱，我们十岁以前，都拿不到一分钱。这才过了两年。还要多长时间，我才能亲手摸到自己的血汗钱呢？哥哥现在好吗？你知道妹妹编织的美梦吗？

娜 塔 莎

1905 年的俄罗斯,犹太人惨遭大屠杀,我和娜塔莎就出生在事后两年的哈尔滨。更让我们同病相怜的是,我们都在两岁的时候失去了父母,都是被尼古拉斯神父养大的。在中国,我们的长相明显与众不同,人们说,我们是犹太人。尼古拉斯神父也不知道我们的父母是怎么死的,只说他们可能是躲避屠杀逃到了中国。

在娜塔莎的身上,我看到了不少自己的影子,看到她,我就知道此时此刻自己该做什么,该怎么做。在别人的眼里我们也差不多,可有一点很不一样:娜塔莎天生非常漂亮,而且越长越美丽。我很喜欢她,但总会有一种奇妙的距离站在我们之间。我们虽然是成长在同一个天主教堂的情同姐妹的朋友,但有时我会觉得将来她会远我而去。所以晚上躺在床上聊着聊着,我会突然转过身去装睡。虽然年纪还小,可面对娜塔莎,我竟然体会到了绝望的滋味,老天为什么把我造成这个样子,却给娜塔莎那样美丽的面孔? 想到这些,我有时还会身不由己地讨厌她。

突然有一天,慈父一般的尼古拉斯神父去世了。有人说他死于心脏麻痹,也有人说是操劳过度。我和娜塔莎立刻成了两个相依为命的人,我们痛哭着,茫然不知道接下来该怎么走。

当时,哈尔滨有很多躲避布尔什维克革命、逃难来的俄罗斯人,他们中间也有像我们这样的犹太人。

"不能总待在哈尔滨啊。"

"那你想到哪儿去?"

"我们已经被赶出了俄罗斯。听说,上海很棒,那里可以无签证入境,只要你有能力不管是哪国人,都可以闯出一片天地。我还听说,有不少犹太人在那里白手起家了呢。"

"那里是不是很乱啊?"

"不会。再说了,现在哪里不乱? 像我们这样的人去那里重新开始,再好不过了。"

听着他们的聊天,我也动了心思,神父已经不在了,哈尔滨与上海对我们来说都是一样的,既然大家都说好,我们为什么不去碰碰机会呢?

"娜塔莎,咱们也去上海吧。"

"怎么去?"

"我们跟着他们不就能到吗?"

我和娜塔莎,跟着一家看起来面慈心善的犹太人上了火车。路费是过去两年里帮助逃难的人们得到的辛苦费一点点攒下来的。

上海超乎了我们的想象。这里比哈尔滨暖和得多,高楼多,街道宽,汽车多,人更多,连教堂都很高大,漂亮的女人们穿着各种风格的衣服,出现在我们眼前,真美啊。

"你们有什么打算吗,姑娘们?"

在火车站的门口,尾随我们的阿姨问道。

"我们想找工作……"

好心的夫妇微笑着看了对方一眼,"姑娘们,我们只能尽力而为。"

他们把我们带到了一家职介所里,不一会高兴地对我们说,我们比他们刚到上海的时候幸运得多,正好有一家口碑不错的犹太人家需要保姆。

我们每天都在管家的安排下擦擦洗洗或者打扫漂亮的花园。做杂役的人加上我们一共十二个,所以这个家里的地板总是很亮,院子也非常干净整齐,每个季节都会有不同的花怒放,从春天的玉兰、樱花到夏天的月季花、栀子花、荷花,秋天的菊花、茶花,一直到傲立冬雪的梅花,院子里总会有花的香气和灵动。

家里有两位少爷、两位小姐,他们惹人羡慕地彼此敬爱,像他们的父母一样面善,从不为难我们。他们都在上学,下了课还会有家庭教师来上古琴课、书法课和外文课。每次提起这四个孩子,老爷心情就格外好。我常常暗自庆幸能在这样的家庭里做保姆。

可是,有一天擦地的时候,我一抬头,看到了大少爷在楼梯上注视着娜塔莎的眼神,他是那么专注以至于疼爱的弟弟喊他也没有听见,我的心里突然有一丝慌乱,突然想起小时候的那些毫无理由的担忧,心里咯噔了一下。

果然没几天,我们就被解雇了,因为太太的钻石项链丢了。那天吴妈有事,我和娜塔莎被派去帮她打扫,没想到就出事了。不管我们如何信誓旦旦,甚至请求搜遍我们所有的包袱,太太还是不肯原谅。她的强硬就像换了一个人,临走还多给了我们一个月的工资,我想,太太肯定早就发现了大少爷对娜塔莎的苗头。

我们拿着仅有的那点行李漫无目的地在街上走,夜里找了一家最便宜的旅馆住了一宿。第二天,我们不得不振奋精神,沿路一家家问过去找工作。没走几家,娜塔莎就被一家洗衣店接受了,而我就没有那么幸运,吃了很多闭门羹,但过了两天也终于在一家餐厅里找到了做杂役的工作。从那以后,我们就很少能够见面了。上海太大,我们又都身不由己,只是在她偶尔出来给客人送回洗好的衣物时,才能掐着时间到餐厅里看看我。

十九岁那年,娜塔莎碰到了梦中的白马王子,在大街上重逢了那位大少爷。七年过后,娜塔莎从一个青涩的少女长成了亭亭玉立的姑娘,大少爷也变成了二十五岁的青年实业家。他先是跟着家人回英国呆了四年,两年前又回到上海,一个人打拼天下。

"我也没有奢望过这么幸运。店里总会有高官或者富商的夫人拿她们昂贵的衣服过来修补,时间久了,就有了一批老客户。有一次,为一位太太修补好了一件特别珍爱的旗袍,她不但给了我一块银元的小费,还送了我一件她已经不穿了的连衣裙。事情特别巧,那天我穿着那件漂亮的衣服,从霞飞路的一个客户家里出来,往回走碰上了他。"

"哦,特激动吧……"

"我有一搭没一搭地看着商店橱窗里的衣服,他迎面走过来。就在我们擦肩而过的时候,他小声地试探着叫我名字'娜塔莎?',我抬头一看,天啊,竟然是他!"

她穿着自己修好的新衣服踩着云彩般走过霞飞路的时候,命运女神赐给了她爱情。不论从哪方面看,他们的身份都极不般配,他是年轻有为的企业家,英俊富有还温文尔雅,而娜塔莎跟我一样,是从来没有进过学校门口的孤儿,甚至连国籍都没有,但他们还是深深地相爱了。等我再次见到她的时候,她已经是一名当家少妇了。

"米尼,真想你,我不来找你,你是不会来找我了。"

"娜塔莎,我忙啊。"

"哼,都是你不想我了!"

她嗔怪着我的躲避,不管三七二十一把我拉到了自己的家里。租界的一栋豪宅是他们的爱巢,小两口居然有三个保姆。一看见他们,我就想起以前我跟娜塔莎在他们家当保姆被赶出来的情形。当时,我们还是相依为命的俩可怜虫,短短七年,我仍为仆,她却为人主……

从那以后,我很长时间都没再见过她。也许是我躲避她,也许是她高兴得忘了我。

转眼又是八年,我和娜塔莎才再次重逢。

那是一个夜色将近的秋日傍晚,我听到有人敲门,开了门却是一个乞丐,身上披着一件男人破大褂,头发一缕一缕地纠缠在一起,身子伏在我们家门槛上,在浑浊的夜色里,我看不清她的五官,只是觉得脏。我扭身往屋里走,想去给她拿个馒头,端碗水。但她却说话了:

"米尼!我是娜塔莎!我是娜塔莎啊!"

"娜塔莎?"

我的发小娜塔莎?那位飞上枝头的贵妇娜塔莎?我惊呆了,后退几步看着她的脸,泪水正从她那双原本明亮的眼睛里流淌,冲洗着炭灰色的脸颊。

娜塔莎!真的是你!这是怎么了!怎么了?!

"米尼,我也不知道怎么会这样。那些好日子好像就在昨天。五年前,我先生参加了俄罗斯和日本商社在满洲里投资的项目,赚了很多钱。只要是他参与的项目,生意都很好。他说我旺夫,对我也非常好,帮我拿到了我们俄罗斯的国籍,还让我享受着这个世上的所有繁华。"

"是啊,这我知道,我知道你过得特别好,可这是怎么了啊?"

"后来,我先生打算在满洲里新开一个矿山。他要我同行,我也很想再回一趟生我养我的哈尔滨,于是跟他一起上了开往满洲里的火车,可是快到目的地的时候,土匪袭击了我们。火车突然停了,一群土匪一窝蜂地扑了上来。"

"天啊……"

"当时,我打扮得太花哨了,土匪硬要把我押下车,他先是许诺给重金,又拿出上海官员来说情,但那些疯狂的土匪软硬不吃,没听他说完就把刀刺向了他的胸口,我就眼睁睁地看着他为我送命,他的血流到我的心里,我也晕过去了。"

"……"

"等我醒来,就发现自己躺在一个脏乱无比的地方。往事不堪回首啊!刚开始,他们就像对待牲口一样轮奸我,又怕我逃走把衣服都扒光了。我就那样赤身裸体地躲在角落里,像一只被拔光毛的鸡。我想死,但总也死不成,只能醉酒骗自己。后来,他们教我抽大烟,其实,不用他们教,我自己也会去抽,只有那会,飘飘欲仙的时候,我才会没心没肺,也就没有痛苦。再到后来,他们看我上了大烟瘾,又有一些小喽啰为我打斗,土匪头子就下令把我扔得远远的。这样,我才走出了魔窟。"

"终于穿着破烂的衣服,重新回到了上海的阳光下,我又不想死了,活一天算一天吧。在这个世界上,我最亲的人就是你了,在我最悲惨的时候,我知道,如果你知道我的不幸,一定会来救我的,也是唯一一个能来救我的人。于是,我开始找你,直到今天,我整整花了三年。你知道这是怎样的三年吗?"

"那是忘掉曾经的美好,面对悲惨现状的三年。因为有这三年,我才能把这些遭遇讲给你听。我首先戒掉了鸦片,然后努力去忘了他,没用多久,我就发现忘掉他并不难,他的生意已经被他们家人整理走了,我又重新变回了连国籍都没有的一无所有的人。"

"那你现在怎么过啊?"

"从那个地方活着出来以后,我想过人生到底是什么? 雨刚开始下的时候,人们都是努力避雨;要是雨一直下,只好接受一点一点地被淋湿;而浑身淋透后,如果没有雨伞或雨衣的羁绊,人会更舒服。我咬着牙戒掉了鸦片,可被糟蹋的身体再也无法恢复从前的健康了。在除了你没人认识我的上海里,我还能干什么呢?现在,我住在一个跟地窖一样的房里,靠补衣服维持生计,因为我只有这个本事啊。"

听着娜塔莎的故事,我头一次在她面前觉得自己的人生问心无愧。在她面前,我一直都是败者。很奇怪,一想起她,我的人生就失去光芒。可是如今在她的不幸面前,我的人生找到了新的价值,变得光鲜无比。

从那以后,我又跟娜塔莎失去了联系。就像她嫁人后过着幸福的生活没有刻意找过我一样,我也没想去找她。不,我这么说有点过分。那个时候,我怕两手握着世上所有幸运和祝福的娜塔莎找上门来,故意换过工作,当时,我没有充分的信心面对娜塔莎跟一个我曾经服侍过的人一起生活的样子。现在,她虽然找到我全盘托出自己的人生,但她一定和从前的我一样不想再面对我。我这样安慰着自己的时候,岁月又像流水一样远去了。

后来,日本人侵占上海,将犹太人强行抓捕或押到工厂里做苦工。那时,我听说过娜塔莎被拉到一个军需工厂干活的消息,但我没有去找她,这都是因为我的自私,不愿暴露自己的犹太人身份。

157

第二次世界大战后,上海即将被共产党解放的前夕,犹太人也忙着离开这个国家。到新中国成立的时候,犹太人几乎全都离开了这个国家。我那时才多方打听,找到了已回到老住处的娜塔莎。

"娜塔莎,我对不起你,没有早点过来找你。我们也离开这里吧,很多外国人都已经走了。"

"米尼,谢谢你能来找我。"

她握着我的手仔细想过之后,这样回答道。

"在这里,我虽然没有朋友,没有房子,也没有钱,但是,我没有国籍也没有可去的国家,所以我想留下来。记得我以前说过,被雨浇透以后,雨中散步比在别人家的屋檐下躲雨强。对我来说,上海就是能让我感到温馨的地方,我在这里遇到了最爱,也是这里接纳了饱受蹂躏的我。所以你不要担心我,你自己走好,米尼。"

打眼一看,步入不惑的娜塔莎已经变得分不清是外国人还是中国人。从她家里出来的时候,我才懂得她既不是犹太人,也不是其他任何国家的人,而是一个真正的上海人,一个死也要埋在这里的人。

浴火中的国家

一切准备就绪。

"佛罗瑞恩,真的可以吗?"

包装好最后一个药箱后,丈夫望着我问。

"可以,丹尼尔。不要担心我。"

我掠了掠刚才低头和他一起包装纸箱时滑下来的头发回答道。

"对不起,让你受苦了。"他的唇落在我的额头,久久的。

我们把要拿到中国去的行李和药箱装上了等在门外的汽车。

我出生在里昂的一个地方法官的家里,排行老二,在里昂度过了童年。在巴黎上大学的时候,我在一个岁末派对上认识了我的先生丹尼尔。那时,他是将要毕业的医大学生,我是人文学院的大一学生。等我毕业后与他重逢的时候,他已经变成了巴黎市立医院的一名前途无量的外科医生。

　　幸福的日子总是如梦般美丽又虚幻,转眼间三年已经过去了,我们健康聪明的儿子保罗也已经一岁了,我以为生活就是这样的,平静而美好。可是有一天,丹尼尔非常严肃地对我说,他想接受大学恩师的召唤,到上海去开展医疗事业。

　　我有些矛盾。但是为了亲爱的丹尼尔,我决定尊重他的意见。

　　那是1925年2月的事情。

　　我们乘坐的客轮靠岸的时候,正好是华灯初上的时分,高楼林立的外滩金黄一片,整个海面分外灵动而妖娆,我们的心也跟着绚烂起来。我去过的欧洲诸多城市中,没有比巴黎更美丽的城市。但是上海更胜一筹,"东方巴黎"的"美誉"也许还是委屈了它。

　　我和丹尼尔在恩师的照顾下,在法租界的医院家属楼里开始了新的生活。租界虽是在中国的版图上,却更像外国人的领地,外国人在这里有独立的行政权和司法权,外国最高长官在这里像中国已经消失了的皇帝,有生杀予夺的大权,所以西方人到了这里之后,比在自己的国家生活还要自由,可以为所欲为。但是住在租界里的华人不仅要负担昂贵的税金,而且对行政也不能做出任何干预,这一点很让我费解。

　　我们家隔壁住着医院同事王大夫一家。王夫人个子不高,长着一张娃娃脸,人很腼腆,熟悉了以后对我很热情。她教我学中国话,从"佛罗瑞恩"开始教我写汉字。汉字在我眼里就像是一个个带着表情的小布点,而其中的表情只可意会不能言传。而那书法,只要在大方纸上一挥笔,文字就能变成跟绘画一样的一门艺术,这一切让我很新奇。

有一天,丹尼尔的医院里涌进了数十个受伤的学生,其中几个非常危急。在学生们断断续续的讲述中,我们了解到事情的经过:日籍商人开的纺纱厂里发生了虐待女工的事情,于是工会组织出来进行劳资谈判,但不久一位工人代表惨遭杀害。当学生们为此示威游行时,租界的英国警察向游行队伍开了枪。

由于突然涌进大批伤员,医生的人手不够,接到通知后我也立即跑到了医院。

"救救我们吧。"

一位受伤的女学生脸色苍白,用颤抖的手抓住我的胳膊说。

"几百名学生和工人到工部局门前抗议示威,要求释放被抓工人时,突然向我们开了枪。"

十几个人当场死亡,还有很多人受伤进了医院。血腥的杀戮指向了手无寸铁的学生和工人,如果是在英国,或在法国,能发生这种事情吗?因为是在上海,对象又是弱小的中国人,才会发生这样的事情,不是吗?我突然觉得很郁闷,我也是外国人,我是不是同谋?

到上海后没多久,让我吃惊的是有关租界某个公园的故事。听说那里有一块"华人与狗禁止入内"的警示牌,我不理解外国人怎么可以到人家的国家里欺负人家的国民?这就好像,你端着枪公然进入一个温馨的家庭,霸占了人家的餐桌和睡床,还要趾高气昂地对人家大呼小叫,这究竟是什么道理?而后来,我在外白渡桥旁边的黄浦公园入口亲眼目睹了警示牌,跟传闻毫无二致。看着那个警示牌,我想起了"亵渎"两个字,"我们异乡人太无礼地侵占了这片净土"的想法挥之不去。

"佛罗瑞恩,看到这样的事情应该生气才对,可我怎么反而觉得丢脸呢?"

162

一起到医院护理伤号的王夫人用不流利的英语对我说道。她的言下之意是由于国家无力而蒙受这种耻辱,所以很丢人。听完她的话,我更加无地自容。

　　第二天,更多的工人和学生涌上街头进行了大规模的罢工和罢课。我也帮着医院做护理工作,跟他们一起愤怒。我的祖国——法国在欧洲是最先经历自由革命的国家。面对涌到街头的中国工人和学生,我肃然起敬。没有牺牲的自由和没有牺牲的胜利是不会存在的。丹尼尔为了救死扶伤,好几天没回家。

　　这就是著名的"五卅运动"。经过这件事,我与中国更亲近了。不仅是教我中国话的王夫人,而且中国的年轻学生都让我深深感动。我跟王家十岁的儿子燮儿也相处得非常好。燮儿非常喜欢金发碧眼的保罗,每天一下课就跑到我们家里来玩,成了我和保罗最好的汉语老师。

　　从巴黎到上海,坐轮船不过几十个小时,但触目所及变化之大,就像到了另外一个星球。刚到上海时我就听说过妇女裹"小脚"的故事,可是不会有人在大街上脱下鞋来让我看,所以好久都没有亲眼证实。看我对三寸金莲那样好奇,王夫人跟害羞的小姑娘一样到没人的地方悄悄告诉我:小脚是中国女人的身体中最私密、包得最严实的部位。

　　一个偶然的机会,我在丹尼尔的医院里看到了小脚。有一个缠足女人脚踝受了重伤,到医院来救治,我刚巧领着保罗去医院,开了眼界。

　　"你进来看一下,别让人家感觉是来看热闹的,就佯装是来帮忙的。"丹尼尔也知道对中国女人来说,缠足意味着什么。

我们虽然同为女人，但在不同国度里长大，在我眼里，畸形扭曲的轮廓真是惨不忍睹，差点没喊出声来。听说，在女孩子小的时候，将脚拇趾外的四个脚趾向脚底弯曲，紧贴脚底后用布帛缠裹起来，使它变成为又小又尖的"小脚"。呈现出模糊轮廓的四个脚趾完全扭曲地压在了全长不及自然长度的一半的脚板底下，像一个变颜色的肉疙瘩。

王夫人的说明也是如此，走起路来一颠一跛，也不能走很长时间，而那却是中国古代好女子的必需。相传，中国的一位古代美女拥有三寸金莲，脚小得能站在一个大力士的手掌上跳舞。

"现在也有小女孩缠足吗？"

"不像以前那么盛行，可仍然有不少家庭在缠足。上海已经文明了，很少有这种情况，可是越到乡下，就越多。"

据说，"小脚"能激发男人性冲动，是满足那种欲望的道具，可是因为文化教育上的差异，我怎么也想不通。对中国人来说这可能是司空见惯的事情，但在我眼里，这种根深蒂固的传统习俗简直不可理喻。

"你不害怕这里吗？"

有一天丹尼尔问我。

"怕什么？"

"因为你老是自己一个人逛街我才问的啊。"

"怎么？我不能一个人逛吗？我觉得挺有意思的。"

"我是说让你小心加小心。你是中国话不流利的外国人，这里的风土人情跟法国不一样。"

"我现在中文说得不错。"

"会写像密码一样的那些字吗？"

"不能全都写下来,可沟通没问题。"

我这么一说,丹尼尔有些吃惊。我们来上海已经有五年了。我不愿意待在家里,于是经常出门,跟租界杂货店里的中国人打交道。中国人跟外国人沟通的时候多半用英语,可偶尔也能碰上会说法语的中国人或俄罗斯人。

这个租界很特殊,法租界弄堂里有越南籍警察在巡逻,公共租界重要大楼前又有包头巾的印度警察和哨兵在站岗。但一走过特定区域,就拿现行犯也没什么法子。在港口,英、美、法、意军舰停在不远处。我刚开始看到这种情景时感到非常混乱,可时间一长,就发现这才是上海的本来面目,也就逐渐习惯了。

1932 年 1 月 28 日半夜,我和丈夫正在酣睡的时候被乱哄哄的枪炮声惊醒了。声音的发源地应该不在我们家附近,我鼓起勇气警惕地到院子里察看情况。

"声音从哪来?"

天天在医院忙碌的丈夫不谙上海的地理。

"好像是闸北。"

"闸北?"

枪炮声不断从那里传来,像闪电一样的红光划过夜空,震惊着软弱的百姓。医生和家属们不知道发生了什么事情,都聚到了医院。人们说日本向上海发动了进攻。从第二天起,停在日本航母上的战斗机开始轰炸北火车站一带,繁华的"东方巴黎"眨眼间成了战场。

圣堂里的神父和修女们也跑来护理伤号,而弥漫着伤员呻吟的医院成了另一个战场。陆续传来无辜的中国人在路上平白无故被日军抓去或被枪打死的消息。一连好几天,租界被汹涌而来的难民弄得都没地方站脚。

面对这样让人窒息的战争,发生了令人费解的事情。眼看自己的领土受侵,中国政府和官兵却躲避着与日军的正面交锋,实行不抵抗政策,只有指挥十九路军在跟日军拼死抵抗。这些消息是像王医生那样的中国人告诉我们的。

"这支军队在中国军队中也负有盛名。日本人以为一旦开战,中国军队就会全跑没了,可事实绝非如此。"

日本人的炮击声听起来肆无忌惮,但据王医生的消息,日军在陆地战中也吃了不少苦头。

"日本派了很多军舰,试图海空夹击,日本陆战队也上岸展开严厉的攻势。可十九路军不答应,寸步不让呢。"

我不安地领着保罗行走于医院和家之间。王夫人跟其他妇女们一起在家里准备食物送到十九路军那里犒劳士兵。

"我们女人也看不透这到底打哪门子仗。"

我出于担心去找王夫人的时候,她这样说道。

"不瞒您说,国民党下了不抵抗命令,跟日军对打的就只有十九路军。帮士兵的也不是政府,都是上海市民。现在除了国民党和日军,都站在一条线上了。"

"这怎么可能呢?"

"可不是吗? 听说美国的教徒们也有捐钱过来,可国民党政府却退到了后方。女学生自愿上前线,也有从海外归来自愿参加义勇军的学生。"

"我去医院的时候也听到过这个消息,听说伤员当中还有女义勇军呢⋯⋯"

"给士兵们送食物时我还提心吊胆呢。佛罗瑞恩,你也知道我家孪儿吧?"

"当然,现在也经常来看保罗呢。"

"他才十四岁,可现在这帮孩子跟大人一起把妇女们做好的食物送到前线去。我也劝不得,问过他能不能不去? 那小鬼还生气地反驳我:'妈,你这是什么话? 还有比我大一点点的学生在自愿参军呢'。"

"那他现在……"

"前线的食物肯定难吃,所以我们做些可以泡着吃的干粮。他说这东西得自己送,说完就背着出门了。"

我和王夫人正谈话的时候孪儿气喘吁吁地跑进屋里找妈妈。

"妈妈,妈妈,我跟朋友们一起扛着食物袋去送餐的时候,在四川北路奥登剧场那里撞见日本兵随便抓走路人,我看情况不妙,好像要杀他们。"

"不抓你们吗?"

"看我们是小孩子,并没在意。他们平白无故地拦住一个很帅的哥哥后把人绑走了。……在邮局十字路口给来人递食物的时候,附近响起了枪声,但我不知道具体方位。因为那里没有藏身的地方,所以我把食物袋丢给来人后撒腿就跑了,吓得差点尿了裤子。"

"佛罗瑞恩,明天开始得雇人送餐了。"

"怎么不让我干了?"

"怎么能让你干呢,枪林弹雨的。"

"那我也要做,这些事情得小孩子做,我连这个都不干那干什么?"

妈妈忧心忡忡地做士兵们的食物,年少的儿子在妈妈的牵挂中把那些送到了前线。他虽然没有亲哥哥,可是在前线有很多大哥哥能吃上这些食物。

正如王医生夫妇所说,政府与官兵退居后方,只有十九路军孤军奋战的奇怪战争整整持续了三十六天。

停战协定后,上海各界掀起了抵制日货运动。我亲眼看到过人们把日本杂货店里的东西统统抱到大街上付之一炬的情景,一位邻家夫人变卖掉所有值钱的东西为抗日捐款,我也给她捐了从巴黎带来的我最喜欢的紫色礼服和蕾丝边短衫。

上海恢复了往日的平静,战争的硝烟似乎已被吹散,又开始了新的发展。这时,我已经变成半个中国人,偶尔会跟王夫人一起到剧场看中国电影。

《大路》给我的印象最深。电影拍摄于 1935 年,讲的是一批由农村逃荒到城市的筑路工人修筑一条抗日公路的故事,诉说了中国百姓要抗日的心声,它的主题曲也很流行,不管看没看过电影,人们都会哼唱几句。

在演艺界人士们积极创作抗日题材影片的时候,不愿与蒋介石一起"攘外必先安内"的军阀们发动兵谏,逼迫蒋介石抗日。

到 1937 年 8 月,日本再次全面攻击了上海,即"八一三事变"。

这个时候,抱着师夷制夷的理想留学日本的燮儿突然回来了,他已经不是五年前第一次上海事变时给十九路军送餐的孩子。

"世道这么乱,你怎么回来了?!"

王夫人吃惊地问归国来的儿子。

"我想跟朋友们一块参军。"

"什么?你在说什么?你是不是疯了?"

168

"大敌当前,我怎么能静下心来在敌人的国家学习呢?"

"燮儿,你回来就能救国啊？赶紧回去！别再磨蹭了,回头想走就走不了了!"

"不要!"

燮儿斩钉截铁地说。

"燮儿,你想看妈妈担心死吗?"

平常那么爱国也已经牺牲了那么多的王夫人在儿子的问题上变得自私。同为人母,我很理解她,而在国家处于危难之时与朋友们一起回国的燮儿也让我感动。

"本来我是不想回家,直接奔赴前线的。后来实在惦记妈妈,为了见您一面才回来的。我要走了,已经跟朋友们约好了。"

"燮儿！子弹打来,第一个打中的人会是你。打第二个、第三个也会是你。你知道我是怎么养你的吗……"

"妈,那我也得去,不管会不会战死沙场。"

"别去,儿子！你去了,妈妈可怎么活啊……"

不管妈妈的哭声如何嘶哑,燮儿从妈妈怀里挣脱出来,走了。

"请您帮忙照顾我母亲。"

出门的时候,燮儿这样对我说。为了救国辍学回国的燮儿,让我悲伤、惋惜又感动,可在他面前我什么话也说不出口。从没接受过战争训练的青年学生们是来为大难临头的祖国献身的。王夫人哭,我握着她的手一起落泪。

不管人们多么悲壮,那年 11 月,上海前线全面崩溃了。那之后的惨烈让我这个异国人难以启齿。国民党政府把首都从南京迁到了重庆,上海被日军攻陷了。"八一三事变"时,丹尼尔因为疲劳过度,昏倒过几次,可是一苏醒,就去医治患者。不幸的是,不论我们怎么祈祷,王医生的儿子再也没有回来。

1939 年,"二战"爆发时我们回了法国。

现在,我的眼前浮现出浴火中的上海。我曾经在激变中的上海生活过,体验过上海的伤痛和上海人对祖国的崇高的爱。我虽然身在巴黎,但永远都不会忘掉那个地方。

没有归来的人

　　人们都说我是"没有归来的人"，可我不是没回来。准确点说，我不是自己回来的，是变成遗骨被别人抱到祖国的，就安置在了国立显忠院的老同志们的旁边。

　　像我这样的情况很少，作为一名独立运动家，终于盼来了日思夜想的祖国光复，却没有回国，而是留在上海，成了一名成功的商人，据我所知，只有我一个呢。

　　你是怎么知道我的故事的？即便在我去世后多年、被追认为独立运动功臣后，我的那段故事也鲜为人知。所以，谢谢你年轻人，谢谢你来看我，给我倒酒喝，你也喝两杯，听我讲几段小故事吧。

　　"大韩秋枫迎霜美，朝鲜民族热血腾。"

这是义亲王殿下在火车上提笔挥就的一首诗。那时,我男扮女装坐在殿下的身边,殿下则穿着褴褛的素服。火车里还有三名帮助我们逃亡的同志,他们也都穿着便衣。我赶紧双手接过殿下的诗,匆匆扫了一遍就塞进了怀里。

　　窗外一片晚秋的萧瑟,看不到一点绿的生机。爆发"三·一"万岁运动的那年十一月,首尔还是秋天,可火车一站站北上的时候,忽闪而过的枯黄山地,厚重的棉服下包裹着的凄凉的脸,无不在告知着冬日的冰冷。

　　殿下是先帝的第五个王子,日本侵略者却非常不礼貌地称呼他"李坧公",他们靠着枪炮弹药抢占了我们的国家后,连殿下的爵位都削掉了,但人们仍然尊称殿下是义亲王。殿下的命运真是坎坷。亡国前,受到小自己二十岁的同父异母弟弟英亲王的生母娘娘的牵制,流亡到美国和日本;后来回国了,却被软禁在日本总督府里,一言一行都被严厉监视着。

　　殿下生性耿直、豪放,但在没日没夜的监视中什么事情也做不了。万岁运动爆发后,日本人对殿下的监视变本加厉,因为是殿下最先把先皇是被日本人毒害的消息传到外部的。

　　这让他成了日本人的眼中钉。他也深知处境险恶,只能沉湎于酒色而掩人耳目,暗中却在策划到上海参加临时政府的事情。

　　临时政府认为,把殿下请到上海来,不仅可以巩固刚刚建立的临时政府,还能在祖国同胞心目中形成新的独立运动中心。而殿下也觉得,在国内什么都做不了,到上海说不定还有机会,于是一接到临时政府邀他到上海的消息,当场就下了决心。

　　"殿下,过了这座桥就是中国了。"我对着殿下的耳朵说,紧紧地攥住了他的手。

　　过鸭绿江铁桥的时候,我们以为马上就要大功告成了,但不幸的是,日本总督府已经发现了殿下的逃脱,把紧急通缉令发到了日本、西伯利亚和中国东北、上海,而火车上的我们却毫不知情。火车就要越过国境到达终点的时候,大家刚要松口气,突然有一帮日本警察涌上了月台。

"李坰公,有请了。"

我们刚刚反应过来,就被全副武装的日本警察团团围住了。就这样,我们"大同团"想帮义亲王殿下逃到上海的计划成了泡影。

在监狱里,我痛悔没有按照原计划行动。出发前,殿下为把先皇留下的几件债券文书和秘密文件拿到临时政府,拖延了三天。为了弄到这些文件,他费了些工夫,就在这空里,住处主人——那个明月馆的老鸨向日本警察告了密。

当时,帮助殿下逃亡的一共有四个人,从被抓到判决结束八个月的时间里,敌人的严刑拷打惨无人道,其中一位同志在日敌的拷问中不幸丧生。我也经历了听过和没听过的所有酷刑,遍体鳞伤,走了几回鬼门关又都幸存下来。因为殿下一口咬定自己是整个行动的主谋,我们才免于重刑,两年后我又因病获得了保释。

那年,我二十九岁。

其实,在十几岁的时候我曾皈依佛门,在江原道五台山月精寺出家当过和尚。后来,念及祖国光复大业,还俗来到了上海。

再后来,京城爆发万岁运动。一个月以后,上海大韩民国临时政府成立时,我当上了江原道代表委员和财务部财务委员。财务委员需要负责临时政府所必需的花销,但供给却远远不够。为了募集资金又避免引起日本警察的注意,我重新穿上袈裟往返于上海和首尔之间。也就在那个时候,我成了将义亲王接到上海的护卫队成员。

1920 年 6 月,我被京城地方法院判决三年有期徒刑,离刑满还差半年的时候因病保释出狱。出狱后,我回到了江原道五台山月精寺。当时,领导"三·一"运动的万海韩龙云法师也刑满回来。我恢复和尚身份,静养一段时间后跟着他一起展开了通过佛法弘扬民族精神的运动。

好景不长,由于曾经有独立大同团一案的缘故,我虽然做了和尚,仍然在日本人的监控中。当时,万海法师创作了诗集《卿的沉默》,借助文学的力量号召人们奋起反抗。我因与大师见面商谈佛教运动的事情,1926 年再次被捕入狱,后又获释了。

从那以后,日本警察更是对我形影不离。不管在寺庙里,还是下山外出,总有两个警察跟着我。"真让人受不了,先摆脱监视再说。"于是我干脆脱下袈裟去了日本。本以为到了那里能自由些,但是马上发现天下乌鸦一般黑,日本人唯恐我会有新的计划,一点也没有松懈对我的监视。

我终于认识到,不管我是一介草民,还是遁入佛门,就目前来说继续我的革命理想,是难上加难。在这种看管下,我能做点什么呢? 那些日子里,我什么也不做,每天只是到海边坐着,闭上眼听海涛声,想得累了,就睁开眼看看海面上的海鸥,到了晚上就回旅馆睡觉。

当和尚也好,参加独立运动也罢,总得摆脱了监视才能有可能啊! 怎样才能摆脱监视呢?

天越来越冷了。有一天从海边回来,我听见旅馆老板和木柴贩子正在院子里讨价还价。

"这也太贵了。"

"老板,您是老主户,我给您的是底价啊。"

"怎么比上周贵了这么多?"

"天冷了,木柴又少,进价都提了好多啊。"

一个人呆的时间太久了,突然想听听他们的嚷嚷声,我就走过去问了问价格,虽然我不太懂行情,但价格还是出乎我最大的估计了。因为韩国不缺木柴,江原道五台山树更多,日本的价格就是五台山的几倍高。

这时,一直抑郁的心情突然看到了门缝外的一丝阳光。对啊,我可以做生意啊。用船把江原道的柴火运到日本来,挣中间的差价,这样,我就可以攒一笔钱,将来做任何事情都容易些。而且,关键的是,就让日本人监视我的生意吧,时间长了,他们一定以为我"想通"了呢。

从那以后,我就西装笔挺地往返于江陵和长崎之间,成了木柴生意的老板,我豁达开朗,不计小利,积累了很多老顾客,生意也就越做越顺手,越做越大。人总是往高处走,当时,长崎和上海之间的贸易规模巨大,每当我看到开往上海的货船,就好像看到了上海滩上飘扬的彩旗,我想,我可以到那里去拼搏一场。终于,原来亦步亦趋的日本警察放弃了对我的监视,我决心重返久违的上海。

1931 年,我重返上海,此时距离义亲王护送事件已经整整十二年。十二年一个轮回,我的身份从革命者变成了商人,而迎接我的上海,更是焕然一新。

在日本做生意成功,是因为我对日本人的生活习惯、偏好兴趣了如指掌。到了上海,十二年前的那点印象已经面目全非,对我来说,上海就是一个全新的陌生的国际都市,最后,我决定继续吃老本,做日本人的生意,在日本人最密集的虹口中心地带开一

175

家日本料理。选择项目后,我对自己说:千万不可性急误事,要先把生意做好;不论做什么事情,都得跟生意有关,暂时不和临时政府的同志们联系。

在上海,不管是与以前认识的临时政府同志交往,还是与新朋友走动,只要是韩国人,不管合作与否,都可能给我带来危险。日本警察虽然放弃了对我的监视,但在他们的档案中我曾经是上海临时政府的财务委员,虽然做韩日木柴生意时没出过问题,但也不能说在这里就一定安全。所以,我觉得没必要去惹他们。

餐厅每天迎来送往,我也借机结识了很多社会名流,他们中间有不少是大型贸易或金融业的外国人。我跟他们交朋友没有特别的目的,只是觉得他们将来可能会派上大用场。

我还刻意认识了很多有钱的中国人和日本人,其中,也有日本银行家,每当我的生意出现困难的时候,他们都会适时地拉我一把。

我与西班牙天主教堂的法兰克神父交情甚笃,后来,他给我介绍了几位在上海颇有分量的生意人。我经常把他们请到餐厅里来款待,用最好的厨师、最好的乐队提供最好的服务。

后来,生意做大了,我收购了南京路的一幢大楼,一楼依旧做餐厅,在二楼开了夜总会,夜总会招了五十多个舞女,三楼就是舞女的宿舍。

也就是说,我把生意从餐厅扩展到了名声并不够好的夜总会,但我有我的原则,不管客人再多,客人再尊贵或者再无赖,时钟摆到凌晨一点,夜总会就准时打烊,一刻都不能耽误。打烊后的第一件事就是把舞女们打发上楼睡觉,我绝对不允许她们去卖身。作为老板,在这个问题上我很坚决,如果哪个舞女敢违规了,当天她就得离开。

这种自尊赢得了客户的尊重,我们的名声越来越大,成了当地首屈一指的娱乐场。在这里,经常看到有头有脸的日本人。他们也把这里当成了一个很好的交际场所,为了结识更有身份的人,经常光顾我们餐厅。餐厅生意越大,我的生意人身份就越清晰。

来上海这么久,我没有跟临时政府成员来往,他们也从来没有来过我这里。终于,现在我是一个得意的商人,被怀疑的可能性很小,我就偷偷地跟临时政府的人取得了联系。我虽然不能公开参加他们的行动,却可以暗地里助他们一臂之力。

我不但用秘密资金支援临时政府,还把我的餐厅和夜总会当成了情报来源:管理舞女的经理,是我精心挑选的韩国人,她管理舞女,而每个舞女都要管理自己的常客,这样的话,经理就能从舞女嘴里打听到不少有用的信息。

"和你跳舞的吉村先生好些日子不见,今天突然来了,是吧?"

"好像回国办公事了。"

"最近怎么见不着你的常客大竹先生啊?"

"忙着接待日本来的长官呢,好像职位很高,要做很多准备,他说好后天来的。"

"你们得好好侍候客人。常客多了,夜总会的名声才会高,大家挣的钱才会多哦。"

舞女们的话题就是她们的常客,这样,细心的经理就了解到,谁去了日本又回来了,谁要去见谁,又有谁要带谁过来等等。说者无心,听者有意,经理把这些最家常不过的聊天记在心里,抽空向我汇报。这样,革命党就时时掌握了驻沪日本实权派的动态。

舞女们跟上海这个城市一样多姿多彩,有俄罗斯的、日本的,也有韩国、中国和来自欧洲西部国家的。在夜总会,不仅客人中有卧底,舞女中也有,当然,这都是隐藏很深的,偶尔会听到某某舞厅的哪个舞女被日本乱刀刺死在吴淞江边,后来才知道她是中国某个抗日团体的卧底等等。

每当有这种传闻,我就召集夜总会的所有舞女严厉告诫她们严禁参与这种事。我的这些话也会传到出入夜总会的日本人耳朵里,日本人又会为这种事情给舞女们罗嗦一通,无意中就会讲出一些重要信息,这些信息又会无心地传给经理,然后我再把这些情报偷偷地传达给临时政府。根据我的情报,临时政府别动队会事先做好埋伏,然后跟踪日本政要或卧底到偏僻的地方实施暗杀。那时,经常会发生与日本政要关系密切的中国汉奸和韩国败类突然失踪的事情。

1932 年 4 月,日本人在虹口公园举行"一·二八事变"军事胜利的庆典时,韩国青年尹奉吉引爆炸弹杀伤十多名日本高官。日本人虽然表面上不动声色,但有一天,宪兵队突然包围我们大楼,带走了所有账册和业务日志,并严厉地审问我和夜总会的每一个员工。幸亏有以前打下铁杆交情的日本银行家横井先生力保,我才逃过了一劫。

横井在宪兵队轻松地说:

"你们赶紧把宋世浩放了,他是个不折不扣的资本家。你们站在他的位子上想想,拿着这么大的家业去冒险?去参与独立运动?以前是有过那么一段,但那是少不更事,也是一无所有,现在没人比他更精明、更惜命!"

横井在日本人中间很是左右逢源、如鱼得水,宪兵队又找不到任何证据,只好放我。但这件事情给我敲响了警钟,我觉得自己该收敛一下了。

卖掉餐厅和夜总会以后,我物色了第二个项目。当时,上海

178

的烟草市场很不景气,进口的香烟还算马马虎虎,而中国自制的产品就非常糟糕。这是造烟机器上的问题,我又看到了巨大的商机。

我去找横井讲了新的创业计划。横井很爽快,出面打通关系,帮我在自己的银行、美国银行和法兰西银行申请了贷款。我用银行贷款搭建厂房,从希腊进口新型设备,又用这些年的利润从古巴进口烟草原料,先期的巨额投资马上见了成效,我们厂的香烟拥有进口烟的口感,却只是国产烟的价格,开工不到一年就出现了供不应求的场面。后来,工人增加到八百多人,也还要夜以继日地倒三班才能满足需求。烟草公司的成功给我带来了巨额利润,我一跃成了显赫一方的富商巨贾。

烟草公司给我带来了更多的人脉,许多人看中了我的商业眼光,主动向我投资。我趁热打铁,整合了几个投资商的资金,与烟草公司一起成立了新的投资银行。烟草工厂的现金周转高,投资银行也是现金交易,就此进入了财源滚滚的良性循环。

这时,临时政府从上海迁到了长沙,后来又辗转至重庆,我一直秘密跟他们联系着。跟经营餐厅时一样,我会偷偷地给他们资金支持。这个时候,连日本宪兵也不敢动我,因为我已经是上海滩大名鼎鼎的实业家了。

在我的一生中,凡事义字当头,问心无愧,虽然从表面上看起来,我清算了与独立运动的关系,但从来没有背叛过曾经的同志和国家。但是,我也有遗憾一生的事情,那是与日本人横井的关系。1945年日本战败后,横井也要回国了。有一天晚上,他偷偷来找我说:自己把全部财产换成了黄金,但现在无法带回日本,希望我能代他保管一阵子。

他给了我很多帮助,可我没有答应他的最后请求。我现在也不知道当时自己的做法是对还是错,但是,当时上海很乱,谁也不知道时局会变成什么样子,守着那些金条,我没有信心把它们保管好。万一真的遭遇了什么不幸,我怎么跟他交代? 他会不会以为我监守自盗啊?

所以,我没有帮他,希望他交给别人保管,最好是尽量想办法自己带回日本。从那以后,我就再也没有听到他的消息,不知道他是带着金条安然无恙地回了日本,还是上船之前就被抢了。哎,这是我一辈子最大的遗憾了,想起来就会心痛啊。

建国后,重庆临时政府的人都回国了。但我留在了上海,我在上海的产业实在太大了,这一呆就到了 1970 年老去。又过了二十年,有一天,一群年轻的乡亲们毕恭毕敬地来到我的坟前,小心翼翼地把我接了回来,还给我追授了建国勋章。

一个男子汉的故事讲明白了吗?

上 海 之 泪

    在上海寻找古韵的老街,我偶然走进了一家小当铺。当铺的面积只有三十多个平方米左右,一位看似守了这家铺子大半辈子的爷爷和一位分不清是客还是友的老人坐在那里,抽着烟闲聊。

    在当铺的狭窄空间里,从天花板到地板上放着五花八门的古董。层层隔板上,古老的物件在等着新的主人。我一眼就能看出这是一个历经沧桑的当铺。

    当铺中央的玻璃橱窗里,陈列着各种首饰、玉佩、手表和材质昂贵的印章,在老板爷爷背后的狭窄空间里,密密麻麻地堆着文房用具和各种日用品。

    其中,一只玲珑的女性手表吸引了我的视线。手表老旧而略带寒酸,估计没有人再要了。我放在手心,端详了一番:表盘上可

以隐约看到小阿拉伯数码，表盘上面的玻璃片已变得灰白，仿佛含着泪的女人的眼，好像在跟我诉说，主人典当这只表时有多么郁闷而痛苦。

当年，她收到这个手表礼物的时候，一定是沐浴在爱河里，阳光下洒落的全都是未来的憧憬和希望。手表，多么时髦的礼物，与英俊潇洒的他一样时尚青春，还暗含着要永远拴住你的意思，多么富有爱意的礼物。收到礼物的那天，她一定是在老上海最好的餐厅望着爱人的眼睛用过烛光晚餐，然后又挽着他的胳膊惬意地在街头散步。

过了一些年后，当我是小孩子的时候，手表已不是简单的礼物，而是像戒指一样成为送给爱人的结婚礼物。

1920 年代是上海的黄金期，全世界的野心家们抱着自己的希望涌入这个城市。单身的小伙子们拼命地抓住一切机会施展才华，又都激情澎湃地坠入了爱河。初来乍到的时候，她的情人也是穷得叮当响的小青年，只是抱着一获千金的美梦乘坐法兰西邮船来到了这里。他燃烧着自己的青春爱上上海的美丽日子，也精心呵护着有缘千里来相会的中国爱人。

美梦的日子渐近尾声,爱人突然向她道别,宣布了要回国的消息,他信誓旦旦地说回来接她。虽然有孕在身,却终究没有留住他。

　　生活突然没有了着落,她只好拿着他送的貂皮大衣来到这里,当时的当铺主人是这位老人的爷爷。几个月后,她又拿过来装饰豪华的镜子和首饰,过了半年后她就生了宝宝。

　　生完宝宝后,她的皮肤变得粗糙,手头也更紧了。于是她流着泪把自己留到最后的这只手表也当掉了。走的时候,她重复着一个月后、一个月后准会赎回去的话,离开了当铺。

　　但她再也没有出现在这个当铺里,谁也不知道她抱着孩子究竟去了哪里。

　　漫长的岁月以后,我看着这只手表,这只凝聚了她的挚爱与希望的手表,那模糊不清的玻璃盘上还有她当年流过的眼泪,那是老上海的泪。

一位电影记者的遐想

上海,素有"东方巴黎"之美誉!

今天,南京剧场首映国外新片。作为影评人,我必须紧盯着各种首映式,但比我更执著的人很多。

每隔一周或者十天,就会有好莱坞的新片来到上海的电影院,不仅是上海人、外地人,连日本的富人都有为了看电影专门坐飞机过来的,他们下榻在霞飞路的最高档饭店,只为了两三个小时的电影,穿扮华丽的人们蜂拥而至电影院的楼道里。

每当碰上那样的夜晚,除了看电影,我还好想看看上海这个城市的独特魅力。上海固然不愧是几十个国家的人共同居住的城市,但实际情况更是如此。就是说,当有钱的观众开来的汽车上的前灯如同电影制作场里的灯光灿烂辉煌地照着剧场门口,照着那些洋洋得意穿着盛装的女人下车时,我就不禁地想:这就是上海啊！

在上海获得好评的电影,等于在全世界赢得了成功,因为在上海生活的人们形形色色、口味各不相同,这里就像一块试验田,可以给电影的全球推广做好前期的探水工作,这种模式还不止在电影界适用,时尚、文化和商业上,同样可以参考。

今天首映的电影是克拉克·盖博、克劳黛·考尔白主演的《一夜风流》。这是一部爱情喜剧片,故事是这样的:富家千金因不满父亲做主决定的婚约,在结婚前夕离家出走,但是因为习惯了的大小姐习性到处碰钉子。途中,我这个无名的新闻记者发现了小姐的身份。为了掌握住这条独家新闻,男主人公一路上对富家千金悉心照顾,两人渐渐产生了恋情,后来经过一番周折,有情人终成眷属(内容与后来享誉全球的《罗马假日》极为相似)。

电影巧妙地用喜剧方式表现了人们的梦想,富家千金的漂亮别墅和各种时尚服装让观众百看不厌,但是今天来看电影的观众比电影更加吸引我的眼球,南京剧场的贵族观众们,是展示国际大都市上流社会最真实又最具有戏剧性的一群人。

女主角艾尔利是个单纯的疯丫头,但在座的女观众里貌似纯真却城府颇深的人该有多少呢? 在一张张笑容可掬的面庞背后掩藏着多少颗被金钱蒙蔽了的心呢? 男人们呢? 面子上的绅士风度无可挑剔,可在一丁点的矛盾面前,就像电影里的某个人物一样,马上露出自己的庐山真面目。他们平日里都戴上一副威严与彬彬有礼的面具来掩人耳目,事实上,他们真正想在上海经营的又是什么呢?

坐在这个与世界第一城市纽约相媲美的都市的电影院里,唏嘘感慨只属于我一个人吗? 遭受了无数侵略、1843 年才开埠、今天辉煌灿烂的上海,光靠自己的华丽外表,能称得上真正的国际化都市吗?

从外滩走过几条街走进弄堂深处,就会看到捡破烂的人把捡到的婴儿装在筐子里到处叫卖,寒冬的清晨里有人为了吃上一口烧饼卖掉身上单薄的衣裳。然而,这里又是可以无签证入境、全世界的人们可以公平竞争、在三不管状态下凭借自己的努力取得成功的地方。这样的地方,除了上海,哪里还会有呢?

这样的城市过去没有,现在没有,将来也不会有。这里是天使与魔鬼共舞、像危机四伏的沼泽地一样荣辱与共、可以最平等又最不平等地生活下去的奇怪城市。英国作家爱尔德斯·赫胥黎前辈不是曾经说过,不论东方还是西方,还有比上海更生动的城市吗?

我从银幕转移视线,凝望着观众席上的一位女士,因为她美丽吗?那倒不是,不是的,也许我是对矛盾又统一、又永远不会失去光芒的世界万物感到了好奇,所以没有分清电影和现实,才环顾周围的吧。

这就是好莱坞大片在完成制作后不到一个星期就能在这儿上映的国际都市上海。

于上海南京剧场的某个观众席上……

瑞 金 宾 馆

上海是世界上最有魅力的城市,不对,对我来说它不仅是一个城市,更是另外一个世界。

19世纪中期上海开埠以后,全球形形色色的人们涌入了这个城市。上海面对着日新月异的变化和不胜枚举的机遇,有的人成了富翁,有的人却终身潦倒,也有的不明不白遭到了杀身之祸。

在雾与风、血与汗、泪与爱、屈辱与欢喜并存的城市里,贵妇人沦为妓女、地痞流氓摇身一变成了富翁都是老旧的故事,而如今上海又激起了我这个平凡主妇的热情。

我没有能够生活在那个年代的上海,所以我喜欢游览留有过去痕迹的上海老街。我很想跟走过那个年代的人们聊天,因为我对他们的生活充满了向往,为了感受他们的气息,我住进了瑞金宾馆。

第一次看到埋藏在繁华的都市中间、掩映在成片的树木中的

砖房宾馆时,我没有感到一丝的陌生,轻松地走进了大门。在服务台询问房间的时候,我还没有感觉到这个酒店的魅力。

在蒋介石和宋美龄非常喜欢的房间里,我被清脆的鸟叫声唤醒。时值二月末,打开窗户,活泼的绿色枝蔓、树叶像要进来帮我打扫窗边的书桌,我忍不住走到了露天阳台,阳光下绿油油的花园里怒放着的木莲花,建造这个花园别墅的建筑师马立斯在园中散步。

"马立斯先生,早上好! 最近都好吧?"

神采奕奕的马立斯友善地向我微笑。

我下了楼,在主楼一层的餐厅里,宋美龄皱着眉头跟厨师长说今天的饭菜不合她的口味。饭厅对面是蒋介石的书斋,打开门,蒋介石正在自言自语地说"她真爱挑剔",头也不抬,重新回过神儿来看书。

书斋的隔壁是蒋介石与宋美龄定终身的地方,房间里的绿色墙纸和天蓝色窗帘让我想起订婚宴上的华丽瞬间,但那个房间狭小而幽静得出乎我的意料,脚下的桃木黑色地板虽然历经百年摩擦,依旧油亮,窗外的阳光照过来泛着温和的光。客厅四角天然的大理石柱子一览无余地昭告着房子主人的身份,一边的壁炉又让我想起马立斯在那里抚摸着自己的宠物狗读书的样子。

他该多么爱过这个房子啊!对老上海人来说,马立斯跟沙逊、哈同一样有名,也是从建筑和房地产上聚敛了大量的财富,后来又经营过中国最大的英文报纸《字林西报(North China Daily News)》。

1917年,马立斯开始为自己建设"马立斯花园",风格相异的雄伟主楼和三幢别墅坐落在美丽的英式花园里,红砖和红瓦砌成的主楼是典型的英国田园别墅风情,自然而朴素。近七公顷的绿色草坪和桥下潺潺流过的溪水,在城市中央显露着宝石般珍贵的田园风情。后来,花园里的别墅增加到了十几幢。

马立斯把花园东北角的三幢别墅卖给了日本的三井公司(日本银行),从此这三幢别墅改名三井花园。在这么多幢别墅中,最吸引我的就是三井花园,不管早上还是晚上,我都喜欢绕着它散步,它像月夜下的花朵一样具有迷人的气息,不论是站在里面望着窗外,还是站在外边端详整个建筑,都能感到这种气息。

晚上,室内华丽的灯光开启、院子里小家碧玉般的路灯点燃,它醉人的气息更加怡人,它就像是一位美丽的佳人,展开双手环抱着周围的树木、草地和所有的人。

三井花园在1941年太平洋战争爆发后,一度成了买卖鸦片的老窝。有个日本人打着"弘济禅堂"慈善机构的幌子,宣扬以鸦片救济中国难民,对中国人民犯下了不可饶恕的罪行。"二战"期间,意大利也曾经在这里设置过领事馆。

1945年抗战胜利以后,蒋介石的国民政府接管了马立斯花园,成了国民党"励志社"和三青团上海支团部办事处,蒋介石与宋美龄暂时下榻过此处。

建国以后,马立斯花园曾作为内部高级宾馆(国宾馆)来使用,国家主要领导人、重要人士、来访上海的外国元首都曾经下榻于此。

当时,马立斯的一个儿子留在了上海。学士出身的他在这里接待过官员,后来得到继续居住的许可后,搬到花园东边的小楼里,1952年离开了人世。

陈毅和周恩来等人士都曾经在这里住过。自上个世纪八十年代起,这里改名"瑞金宾馆"向社会开放,普通市民也能来享受这个别墅型宾馆的美丽。

这个别墅群由马立斯建造后,被日本人买走了一部分,经历"二战"、国共时期先后作重要居处等,在漫长岁月中几次易主,魅力却不减当年,反而增添了传奇色彩。

宾馆已经被指定为上海市重点保护建筑。如果上一号楼的二楼,每个房间都挂着这样的牌子:左边的第一间,毛泽东曾在此下榻,接着是周恩来与邓小平;右边的房间,则是蒋介石与宋美龄住过的。

在上海想象我自己

每当去上海之前，我都在心里问自己：

我能有多少胆量？

我还能挑战自己多少？

我能有多大气度？

为达目的，我能变得多么卑鄙，又会多么怯懦？

老上海云集着五湖四海的革命家、文学家、演员、商人、冒险家、亡国的流亡者、远处流窜来的流氓、穷苦人家卖来的妓女、行尸走肉的烟鬼和百无聊赖的风流客。无论从哪一方面看，这里都是五味杂陈的国际化都市，形形色色、各不相同的人们都能找到自己的一番广阔天地或者一个犄角旮旯儿，光鲜或者猥琐地生活下去。

十九世纪中期到二十世纪中期，上海在中国的领土上，却受控于几种外国势力。租界的划定给了外国势力各种特权,野心家们钻了各种空子,积累了数不清的巨额财富,而且谁也不知道租界会在什么时候结束,每个人都想抓住历史的空当发财致富,最普通的人也经不住诱惑成了冒险家。人人都能扮演浪漫和冒险的主人公,那时的人恐怕是能够痛痛快快地体验自己的。

他们享受跟祖国千差万别的机会和各种特权,这让人变得更兴奋、更勇敢。

有的人在接二连三的好运中得意洋洋,也有的人在突然而至的破产面前放弃了自己的性命。上海的确被鸦片战争敲开了大门,每天发生着光怪陆离的奇异故事。

十几年的战争对上海的破坏不算大,反而让上海更加繁荣,在日本人的炮火声中,租界算是个世外桃源,这个躲离了枪子和硝烟的地方,每天依旧歌舞升平,各种发肤的人们穿梭在各种宴会、剧院,东西方文明相生共荣。这是独属上海租界的人文景观。

在这样一个烈火包围着的国际城市中,在最红的电影中我偶然地看到了我的三外公金焰。他是上海当时的影帝。这多么浪漫! 作为家庭主妇生活得平平淡淡的我,就这样偶然地认识了他。我的太公,也就是金焰的爸爸金弼淳是韩国的第一位西医大夫,是抗日独立运动的成员,他后来逃亡到了中国。后来金弼淳太公在伪满洲齐齐哈尔开展韩国人理想乡村时,不幸遭到日本密探的毒害。无奈中,外公金焰在十三岁的时候投奔了上海的姑姑(金奎植博士),十七岁的时候只身闯进电影界,二十岁时,被青年导演孙瑜看中,一部《野草闲花》让他一鸣惊人,跃入明星行列。他最终有别于独立运动世家的传统,用电影实现了自己的理想世界。

金焰的亲戚们都是上海抗日独立运动的成员,后来解放后回国。只有金焰留在了上海,与电影在上海度过了一生。

从寻找三外公第一次访问上海起,在写作《寻找我的外公——电影皇帝金焰》时,我的心就与他息息相通了。他心怀爱意、用埋在心底的许许多多的回忆给我铺展开了一幅上海全景图,我看到了他浸在其中艰辛又欢快的每一个脚步,读懂了数十年前上海泛着光华、宝石一般的魅力。

就像与金焰的不期而遇给了我精神亢奋一样,他生活过的上海像一块色彩斑斓、充满了机遇与意外收获的梦想之地吸引着我,当第一次萌生出沿着他的足迹走遍上海的时候,我不禁为自己的想法兴奋得双手哆嗦。上海果真是传说中那样的世界吗?在这个地球上果真存在过那样一个地方吗? 七八十年前,沧海桑田的那一端,果真有一个史无前例、后无来者、海市蜃楼般的城市吗? 也许,当年的上海本身就是海市蜃楼。

在那里,我坐在窗前,看着冒险家、革命家、艺术家、骗子、地痞流氓和妓女演绎着各自的人生,他们的喜怒哀乐、奋斗抗争与哀怜悲凄,他们的欲望与挫折、虚伪与无奈,都纯情怡然或者撕心裂肺地一幕幕打开,那是上个世纪三十年代游荡在上海的灵魂,也是人类共同面对的永恒,在那里我重新认识了自己。

于是,我一点点记下重走外公路的丝丝感受。如果不那么做,我寝食难安,就像找不到自己生存的理由一样没有着落。我记录着,这个悠久而又时时更新的城市,这个华丽而又伴有温情的城市,这个历经挫折却也不屈不挠的城市,我被它感动,一刻也不想停下来,只能永远地走下去,去发掘它那灿烂、动情、真实的点点滴滴。

在解开行囊的酒店里看上海风景的时候,我经常会感慨,上海既不是国外,也不是单纯的观光旅游地。我是永远想住在过去时间里的冒险家。每次来到这片土地,我都可以摇身一变,换一身行头,做起另外一个截然不同的自己。这就是上海最大的魅力或者说蛊惑人心的地方。坐车看着窗外的时候,我已经回到坐着人力车跑在迷雾冥蒙的城市的我的外公那里。

　　如果没有听众,我愿意讲给自己听,在上海的那个醉人的年代里,老上海的里弄里蕴藏着所有的可能,等待着激情的人们。现在看来,现在和未来的上海延续着这种天赐的机缘。
　　听说,当年到上海生活过的无数个外国冒险家和商人都愿意说自己是上海人,而且很多不再回国,选择葬在上海,但我明白真正主宰着上海的并不是腰缠万贯的他们,而是那些远远地望着豪宅大院、每天疲于奔命却又与各种层次的人们接触的中国大众,他们贫穷、受苦受累,宿命般地忍受着诸种不公,默默地咽下愤怒,却在日常里习惯了国际化的视野,学会了包容地看待太多太多绝不相同的事情,并用它教育了自己的子孙后代。

今天的上海不再是心酸的租界,却比那时候容纳了更多的外国来客、外国思想,它延续了曾经的繁华与辉煌,蒸蒸日上,吸引着全球的热烈目光。在这里,我体验到了外公当年心跳的时刻,更感受到了它欣欣向荣的热情和生命,每次来到这里,我也忍不住庸俗地以上海人自居,做起短暂却美丽的上海梦。

跋

亲爱的中国读者们：

在十二年前的某一天,我才知晓了我的三外公曾是中国影帝的事实。当时,我非常震惊,这么重要的事情,我怎么会一点都不知道呢？我想了解其中的一切。从那时起,我用了十年的时间,穿梭在上海、北京、天津、香港、昆明、香格里拉以及美国与加拿大,寻找他的痕迹和知道他的人。

我,一个极为平凡的家庭主妇,投入了他生活过的时代里,开始寻找他的踪迹。终于有一天,我感受到了三外公金焰的存在,而且触摸到了在当时的上海,除了我的三外公外,还有很多人和今天的人们一样,奔忙着写意的生活,他们的日子像电影一样一幕幕地在我眼前展开,但我知道,那是曾经的真实。

在中国,因为三外公相识的人和许多可以佐证的照片,我看到了久藏在心底的充满了回忆和情意的上海,又陆续地发现了如同珠宝的中国魅力。

正如和金焰的相逢给我带来了莫大的冲击一样,他所居住过的上海,对我来说也是一个新天地,不仅是外表的华美或腾飞的发展,内在的坎坷历史所造成的辛酸故事更让我动容。我很想把生活在那个时代的千千万万的人们的灵魂,告诉世界其他地方的人们。不然,我简直受不了。对我来说上海既是这样一个悠久的城市,又是一片新天地,我要把这种感受传给所有新认识上海的人。

今天,任何一个国家或地区都无法独自掌控世界政治和经济,各国都在通过互补的合作关系谋求共同进步与发展。让我吃惊的是,我所看到的上海,早在一百多年前就已经是东西方为追求梦想与希望、共同燃烧自己创造世界化历史的大熔炉。我希望我写的这些故事,您能够喜欢。

这些故事都是中国的,但也是其他国家人民的故事;它们是百年前的故事,但也是现在的故事和百年后的故事。百年前就有了"我就是世界人"意识的上海人和今天的我们,的确太相象了。我希望世界各国人和中国人能够透过这些故事,打开心扉,变成亲密的近邻。

朴圭媛

2008 年

198

编　后　记

因爱而生，为爱而写

　　朴圭媛，一个普通的韩国家庭主妇，本来在已设定好的人生路线上，相夫教子平淡地过一生是其终生理想。不知机缘巧合，还是命中注定，直到四十岁，她才知道了三外公金焰——曾经的中国电影皇帝的存在，一颗追寻金焰、为其立传的念头在心中萦绕冲动。整整十年，她多次往返于中国和美国等地，耗资巨大自不必说，身心疲惫亦难坚持，一路追寻着金焰当年曾经走过的足迹，完成了《寻找我的外公——中国电影皇帝金焰》的创作，并获得了韩国民音社 2003 年"传记文学大奖"。在寻找三外公的十几年间，对他曾经生活过的上海产生了浓厚的兴趣和不寻常的爱恋：繁华光鲜的十里洋场、神秘如月夜的暗香浮动、迷沉如鸦片醉香的法租界……旧梦般的影像，仿似在黑白默片中出现过无数次的布景、道具。她以那个年代的老上海为背景，创作了《上海之泪》一书。

　　岁月沧桑，回首凝望：世间多少事，恍若尘烟；世间多少人，相映生辉。当年中国第一位影帝——金焰已离我们而去。但，人逝情未逝，情浓缘必浓，上天的眷恋，在漫漫风沙席卷而去几十年的岁月后，朴圭媛跨越时空终于在上海缘聚了自己的奶奶、金焰的

199

夫人,亦是著名电影艺术家——秦怡。祖孙相遇,感慨万千,再续前缘,共享天伦。诚如朴圭媛所说:"这些文字,因爱而生,为爱而写。想让你知道,是对你的爱,让我灵感不断……"

是以记。

责任编辑:杨奉社

2008 年 6 月

图书在版编目(CIP)数据

上海之泪/(韩)朴圭媛著;赵学美,石美玉译. —上
海:东方出版中心,2008.7(2009.1重印)
ISBN 978-7-80186-858-9

Ⅰ.上… Ⅱ.①朴…②赵…③石… Ⅲ.短篇小说—作品
集—韩国—现代 Ⅳ.I312.645

中国版本图书馆 CIP 数据核字(2008)第 107173 号

登记号:09-2008-359

上海之泪

出版发行:东方出版中心
地　　址:上海市仙霞路 345 号
电　　话:021-62417400
邮政编码:200336
经　　销:全国新华书店
印　　刷:上海书刊印刷有限公司
开　　本:890×1240 毫米　1/32
字　　数:140 千
印　　张:6.5
插　　页:8
印　　数:7,001—9,000
版　　次:2008 年 10 月第 1 版
　　　　　2009 年 1 月第 2 次印刷
ISBN 978-7-80186-858-9
定　　价:48.00 元